「──あなたの、
お嫁さんになりたいです」
═前世の姿═

「大吾クンが思ってる以上に、
ずっと前からキミのこと
好きだったの」

千子兎羽（せんじとわ）

「子供だから、
意識しないんじゃなかったんですか」

千子獅子乃（せんじししの）

前世の姿
「君のカレ、私にちょうだい？」

運命の人は、
嫁の妹
でした。

my destiny is the bride's little sister.

2

volume
two

第1話　修羅場は一夜じゃ終われない。

「……なに……してるの」

兎羽が立っていた。唇を合わせる俺たちを、静かな表情で見つめていた。

「こ、これは！」

俺は嫁の兎羽では無く、その妹の獅子乃ちゃんにキスをしていた。１９６０年代、メイド姿の獅子乃さんと愛しあっていた頃——あの時の感情が今の俺たちを支配していたせいだった。

兎羽はキスする俺たちを見つめると。

「ちょっとまってね」

彼女は去っていった。しかし速攻で戻ってくると、手にはスレッジハンマーを握っていた。

「だ、大吾くんを殺して私も死ぬ」

「待った待った待った待った待った待った待ったぁ⁉」

兎羽の目は据わっていた。

「少し話を聞いてくれ！」

「大丈夫だよ、痛くないから……」

「ほんとに!?　ハンマーで殴られるのに!?」

「ZR＋Lでため攻撃。ZL＋Xで鉄蟲糸技……」

だめだ。このままでは部位破壊されてしまう。じゃなくて死ぬ。

(なんとか話を聞いてもらわないと！)

でもどんな方法なら、平和的に解決出来るんだ!?

「──失礼」

「へ？」

獅子乃ちゃんが、兎羽の背後に立つ。

「とりゃ」

「ぎゃん」

獅子乃ちゃんは高速の手刀を首に叩き込んで、一瞬で兎羽をマットに沈めた。

「えええええええええええええ」

武力を武力で制圧する最も反平和的な方法で、事態は収められた。

「……この姉は無駄に思い切りが良いので、こうするしかありませんでした」

獅子乃ちゃんは、目をぐるぐるにして気絶している兎羽の体を抱きかかえる。

「大吾さん。打ち合わせをしましょう」

彼女の表情は静かで、動揺は無かった。さっきまで子供みたいに泣きじゃくっていたのに、今はいつもの氷のように透き通った視線で、冷静に俺を見つめていた。

「私と大吾さんの間には何も無かった。お姉さまは不思議な夢を見ただけ」

「……そんな話、兎羽が信じるとは思えないけど」

「言い張れば真実になりますわ。証拠なんて無いもの」

恐ろしい中学3年生だな。

「実際、私と大吾さんの間には何も無いもの」

「……」

「でしょう？」

少し驚いた。あれだけの感情の激流に居たのに、この女の子は何も無かったと一蹴する。俺にはとてもじゃないが、何も無かっただなんて思えなかった。でも——

「……ああ。そうだね」

——何も無かった。と、言うしか無かった。だって俺には妻が居る。兎羽の事を愛している。俺たちを強く突き動かす衝動があったのは確かでも、それに惑わされるわけにはいかない。

(もしかして獅子乃ちゃんは、俺と兎羽のために……)

率先して、『何も無かった』と言ってくれたのだろうか。だとしたら、なんて凄い人なんだろう。俺は自分のことで精一杯で、何かに気を回す余裕なんて無かったのに。

「私と大吾さん、前世で好き同士だったみたいですね」

「……そうだね」

最早それは、変えようの無い事実だったように思う。１９６０年代――蒼い隕石に滅ぼされた地球で、俺は彼女に恋をしていた。誰よりも彼女を愛していた。

「でも、所詮は昔の話です」

「……」

「それとも大吾さんは、お姉さまではなく、私を選ぶ？」

「そ、そんな事しないさ」

「くすくす。ええ、でしょうね。私の知る『大吾さま』ならそう言うでしょうね」

俺たちは兎羽を部屋まで運ぶ。彼女は未だに気絶して、頭の上には何匹ものひよこが飛んでいる。しかし漫画みたいに気絶する人だな。

「じゃあ、そういう事で良いですか」

兎羽の寝顔を見つめながら、獅子乃ちゃんがぽつりと呟いた。

「……それだけで、良いのかな」

「はい。私たちはただ、不思議な縁があっただけ。それだけ。前世なんて、今の私たちには何も関係がない話だもの。私たちは、今と前で、何も変わったりはしません」

「……」

「何ですか大吾さん。もしかして、今でも私があなたに気があるとか思ってませんか？」

「ええ!?　あ、いやっ」

慌てる俺を見て、獅子乃ちゃんはくすくすと笑った。

「おばかね。自意識過剰ですわ」

だって仕方がない事だと思う。俺は正直、今でも獅子乃ちゃんのことが好きだ。だってあの頃の俺は、彼女のために生きていたんだから。本気で愛していたんだから。

「男の人って、そういうモノなのかしら？」

獅子乃ちゃんは何でもなさそうな表情で、首を傾げる。確かに女性の方が、昔の恋愛を引きずらないとかって聞くけれど。少し寂しい。なんて思っちゃ駄目だよな。

「お姉さまの事、よろしくおねがいしますね。大吾さん」

彼女は笑った。俺を信用した表情で。俺はその信用に、覚悟で応えなければいけなかった。

「わかった。頑張るよ、俺」

「くすくす。まずはこの姉を宥めるところからですけれど」

「……大変そうだぜ」

「仕方がありません。他の女にキスしたあなたが悪いもの」

正論過ぎてぐぅの音も出ないよ。

「けれど」

彼女は俺の手に触れようとして、一瞬固まってから、小さく首を振って、引っ込める。

「──私、あなたの家族ですわ。妹だもの。だから、困ったり、大変な時はすぐに頼ってね」

あぁ。本当に。この女の子は、なんて凄い人なんだろう。本当に中学三年生なんだろうか？　俺よりもずっと大人で、ずっと理性的で、ずっと優しい。彼女のことを愛していて、彼女にも愛されていたときのことを、酷く誇らしく感じた。

「それに、私も共犯者だから」

きっと彼女が困った時は、俺は何を差し置いても助けに向かうだろう。それは俺の義務だった。そして強い欲求だった。俺はこの子を幸せにしてあげたい。絶対に。

「お姉さまにはなんて話しますの？」

「全部を正直に話すよ」

「絶対喧嘩になりますわ。それだけじゃ済まないかも」

「……せめて誠実で居たいんだ。もう遅いけど」

「そうね。もう遅いけど」

獅子乃ちゃんは、小さく笑う。

「あなたらしいと思います。不器用で、考えなしの、お馬鹿さん」

■

——なんて。

(よく頑張った。よく頑張りましたわ、私)

部屋に戻って一人になって、私はガッツポーズするのでした。

(ギリギリ、軌道修正は、出来たのかしら?)

私の作戦は、お姉さまと大吾さんの恋愛を近くで見守って、彼のかけがえのない立ち位置に着くこと。そして2人が破局したときに、彼をずぶずぶに堕とすこと。

だから。あんなこと。するつもりなんて——

(……キス。しちゃった)

布団を敷いただけのがらんどうの自室で、私は未練がましく自分の唇をなぞる。初めて、男の人とキスをした。その感触を、忘れないように、何度も何度も反芻する。だってこんな事、きっともう、ずっと無い事なんだもの。これは……あってはいけない幸福だったんだもの。

「……大吾さん」

名前を呼びながら、唇に触れた。彼の荒々しくて、力強いキスを思い出して、体がカーっと熱くなるのを覚える。ああ、ダメ。ほんとダメ。冷静で居られなくなる。頭が真っ白になって、お腹の下のところがじゅくじゅくとして、思考が乱れる。バカな事をしそうになる。

(大吾さんの運命の人は――私)

前世で私たちは愛し合っていた。それだけじゃない。

(あの……キスの感触――)

少し唇を合わせただけでも、脳みそがどろどろにかき混ぜられて、体中にバチバチと電撃が走ったみたいな、圧倒的な衝撃。キスなんて、初めてだけど。あれは多分、普通じゃない。

「……絶対、寝取る」

恋は戦争、なんて唄った昔の歌を思い出す。では戦争とは何か？　無策に勇気と愛を胸に闘う事だけが戦争ではない。与えられたリソースを十二分に活用して、敵の利点と欠点を穴が開くほどに観察して、絶対に勝てる場所に絶対に勝てるだけの戦力を注ぎ込むこと。恋は戦争と言うのなら、乙女は勇敢な一兵卒では無く、冷徹な指揮官であるべきだ。

(しかし、この状況はチャンスですわ)

お姉さまと大吾さんは、これから喧嘩になるだろう。或いは何かしらの話し合い――講和会議が行われるのではないだろうか？　十二分に付け込む余地はある。

(焦ってはだめ)

本当は、今すぐにでも大吾さんの部屋に行って屋上のキスの続きがしたい。彼にまた抱きしめて貰って、優しく労ってくれるように口づけをして貰えるのなら……。その時は、キスだけじゃなくて。もっと先の――

「ぼ、煩悩退散！」

ぺしぺし、と私は私の頬を叩く。冷静になりなさい、千子獅子乃！　論理的に行くのよ。

(私の目的は、彼と少女漫画みたいに恋愛することでは無い)

では何？　私の戦争の勝利条件を、一体何と定義すればよいだろうか？

私は――ほんの少しだけ。考えて。一瞬、自分の浅ましさに悶えながらも、決断する。

(……子供、作って。子育てして。大きくなって、巣立ったら。私と彼、おじいちゃんと、おばあちゃんになって。その後に……彼を看取ってから、死にたいな)

それが出来るなら冷徹な指揮官になるぐらい、なんでも無いな。と少し思った。

■

「さびびびびびびびびび……」

俺は中華街の中にある山下町公園のベンチに座ってガタガタと震えていた。11月の横浜の空気は冷たく、深夜の中華街に人は少ない。色鮮やかな町の色彩は夜の闇に濡れていた。

「……大吾。来たぞ。って、すげー顔してんな」

暗がりの中に現れたのは、ツインテールをぴょこぴょこと揺らす、小柄な女性――イエン・

シーハンだった。相変わらずの気だるそうな目で、俺を見つめていた。

――あの後。気絶していた兎羽が目覚めると、カンカンに怒って俺の事を部屋から追い出した。俺は薄い部屋着のまま。財布さえ持たせてもらえずに。何とかスマホだけは持ち出せたので、親友の彼女にヘルプを出したという話。持つべきものは親友である。

「何があったの……と、聞きたいトコだけど」

「さぶぶぶぶぶぶぶぶ……」

「凍死する前に、どこかに入るか」

少し前ならサイゼリヤにでもと直行するのだけれど、サイゼは深夜営業を止めたのだ。英断である。代わりに俺たちは横浜スタジアムの近くにあるギリシャ料理のバーに入った。

「中3にキスするとかお前、行くところまで行ったな」

シーハンはギリシャ人のオーナーにリキュールと幾つか料理を頼む。腹は減っていなかったが、彼女は深夜まで作業をしていたらしく、がっつりと食べるつもりのようだ。

「それで正直に嫁さんに全部話して？　部屋を追い出されたと。早くも結婚生活の危機？」

「要約すると、そういう事です……」

シーハンは、下品にゲラゲラ笑った。地中海料理を突きながら、彼女は上機嫌に続ける。

「そうだと思ったよ！　あのな大吾。お前みたいなヤツにゃあ、普通の幸せとか結婚だなんて、土台無理な話なのさ。結局最後には全部ぶっ潰れるんだよ。お前はそういう運命なのさ。永遠に幸せなんかになれなくて、いつか惨めに野垂れ死ぬ！　退屈な人生！」

「おま……無茶苦茶言うな」

「安心しろ。ボクだってそうさ。同じ穴のムジナじゃあないか」

普通みたいになれなくて、最後には全部ぶっ潰れる。それはイェン・シーハンという女性を一言で表した簡潔な描写である。刹那的で破滅的で、彼女以上に安定とか普通とかそういう言葉が似合わない人間もなかなか居ないだろう。

「……俺に婚活を勧めたの、テメエだぞ」

「当然さ。ボクはキミが無様に転げ落ちる姿が一番好きだからね」

「え？　何笑ってンのコイツ。そのニヤけた笑み、絶望に染まらないかな」

「シャーデンフロイデ。──ドイツ語で『他人の不幸は蜜の味』ってね。それが身内だったら、なおさら面白い三文芝居さ。喜劇なんてのは惨めったらしい程愉快じゃあないか」

この親友、相変わらず性根がネジ曲がってるな……。

「ちなみに、何で兎羽ちゃんに全部ゲロったわけ？　獅子乃ちゃんは口裏合わせてくれるっつってたんだろ。何とか誤魔化せば良かったのに」

──あの後。目を覚ました兎羽に、俺は洗いざらい全てを打ち明けた。前世のこと。俺たちのこと。キスした理由。彼女は全てを冷静に聞き終えた後、「どこかに行って。今私、平静を欠こうとしてるから」とスレッジハンマーを握りしめ、俺は部屋から逃げ出した。

「……正直で居たかったんだよ。妻には」

「ハン！　くだらねえ偽善だぜ！　じゃあ何だよ、お前は嫁が居ない間にマスかいたからつって、逐一報告するのかよ？　ＤＬｓｉｔｅで買ったＮＴＲ系の音声作品聞きながらエネマグラ使って達しました。なんて聞きたいやつが居るか？　ンなもん聞かされるだけ迷惑だっつの」

「言いたいことはわかるけど、その妙に具体的な例はどこから来たんだ？」

「え？　別に。そこは昨夜のボクだけど」

「……………………」

いや、反応に困るから。滅茶滅茶困るから。お前の実体験なのかよ。キツイよ。マジで。

「なぁ？　困るだろ～」

普段女を全く感じさせない女友達からの自慰行為の報告、イヤ過ぎる。

「ンで？　ボクまだ分かってないんだけど、何でキミはまた、獅子乃ちゃんに手を出しちゃったのよ。ノータッチ出来ないロリコン野郎なのも今知ったけど、キミの取り柄は異常な忍耐力ぐらいなモンだろ。何でまた我慢出来なくなっちゃったかな」

「……これが、また変な話なんだけどさ」

俺は、シーハンに全てを話した。１９６０年代の夢の事。俺と獅子乃ちゃんが、前世で結ばれて居たということ。彼女も俺も、全く同じタイミングに同じ夢を見てしまったこと。どうしようもなく、惹かれ合っていること。

「へえ」

バカにされるか、と思ったが意外にもシーハンは真面目な顔で息を吐いた。

「そりゃまた、随分変な事になってたんだな。いつの間にか」

「信じてくれるのか？」

「ま、付き合い長いしね。キミはここでそんなしょーもない嘘吐く程、ぶっ壊れてないでしょ。忍耐力以外に、バカ正直って取り柄もある男だしね」

イェン・シーハンはラッキーストライクの煙草を取り出して、手慣れた動作で火を付ける。

「前世ねえ。まあ、幾つか仮説を絞り出してみるか」

「と言うと……？」

「まず一つに、催眠の線だ」

「催眠って。まさかあ」

「おいおい。字面の割に、そう馬鹿には出来ないモンだぜ」

イェンはアルコールを口に含むと、煙草の紫煙を吸ってかき混ぜた。

「ダンシング・マニアって知ってるか？」

「……なにそれ」

「踊りのペスト。とも言うな。七世紀ぐらいから一八世紀ぐらいまでに主にヨーロッパで見られる、集団ヒステリーの一種だよ。例えばフランスのストラスブールでは、村の人々が集団で踊り始め、踊り続け、その集団は増え、最終的に彼らは死ぬまで踊ったそうだ」

「……ナニソレ怖ぁ。え、マジで起きた話？」

「そうだよ」

日本で起きた『ええじゃないか』騒動と似たような話だな。と彼女は続けた。

「人間の脳みそなんてアテに出来るもんじゃ無いんだよ。何らかの外的要因による刺激で、幾らだって勘違いするし、それを真実だと思うし、おかしくもなるのさ」

「……言うて催眠なんて、大したこと出来ないだろ？」

「英国のメンタリスト、ダレン・ブラウンは暗示で他人に人殺しをさせてたっけ」

「はあ⁉」

「実際には殺してねーよ？　だけど被術者に人殺しをしようと思って行動させることに成功している。ネトフリにダレン・ブラウンの『ザ・プッシュ』ってあるから一回見てみ？　まああれは催眠っつーか同調圧力っつーかだけど」

「でも、俺と獅子乃ちゃんは全く同じ夢を見たんだぜ。それも催眠なのかよ？」

「夢の共有自体は珍しい事じゃあない。ボストン大学の神経学の教授、パトリック・マクナマラ博士は数多くの『共有夢』の事例を紹介している。特に親密な間柄の2人が同じ夢を見る事があるそうだ。他にもMITでは催眠術で夢を制御させるデバイスを作ってるとか……」

「そんな、SFな！」

「キミが思ってる以上に、科学はキミの想像力の先に進んでいるんだよ。もう21世紀なんだぜ？　猫型ロボットはもう少しかかるとしても、車は空を飛ぶさ。費用対効果は別として」

とにかく、と彼女は呟いた。

「何らかの外的要因（催眠・暗示）によって、獅子乃ちゃんと大吾が同じ夢を見て、お互いを運命の人だと思い込んでいる。それは立派に仮説の一つだろう」

そう言うと、なんか全然ロマンチックさというか、詩的な雰囲気は皆無になるな。流石、皮肉屋イェン・シーハンである。彼女は夢を見るような乙女とは一味違う。

「さて、次に……平行世界仮説だろうな」

「平行世界？　それなら俺も知ってるぞ」

「1960年代の別世界は平行世界で、キミたちはその記憶を共有、或いは受け継いでいる」

「……前世じゃないのか？」

「いや。キミの話を聞く限り、1960年代世界ってのは、ボクたちの今いる世界よりもずっと文明が進んでいるんだろ？　少なくともボクたちの世界と地続きじゃあない筈さ」

「まあ……そりゃ、確かにそうか」

俺は直感的に『前世』と呼んでいたけれど、思えばそれも変な話だ。1960年代世界は、俺たちの世界よりずっと高い文明レベルを持つ。つまり、寧ろ未来の世界なんだ。

「集団催眠。平行世界からの影響。或いは……まあ、輪廻転生だとしてもいいさ。まあ、理由はどうとでもこじつけられるわな。所詮はくだらない戯言だけど」

「シーハンってそういう話好きだよな」

「まあな。最近はオカルト系の雑誌でばっか記事書いてるし」

シーハンの仕事は、ライターである。暴力団系ルポ。風俗トラブル。オカルト。頼まれたら何でも書く便利屋系ライターだ。腕はイマイチだが、とにかく仕事が早いらしい。

「つかぶっちゃけ、ボクは懐疑論寄りのオカルトマニアなんだよ。前世とか正直噴飯もので、世界に蔓延る前世事例は殆どパチだと思ってるぜ」

「おおおい、急にはしご外してきたな」

「キミじゃなきゃ笑い飛ばしてたところさ。戦士症候群（80年代のサブカルチャー現象。雑誌の読者投稿コーナーが、前世の仲間を探したり一緒にハルマゲドンを止める転生者を募集する投稿で埋め尽くされた）じゃあるまいし！」

いや、そこはわかんないけど。俺90年代生まれだし。てかシーハンもそうじゃん。何でそんな昔の話まで知ってるんだこいつ。さてはただのオタクだな。

「さて虚言をさんざっぱら並べて、ボクが何を言いたかったかと言うとだな」

「うん」

「テメーがどんなアホみたいな事言っても、ボクは下らない戯言並べて無理やり理屈こねくり回して信じてやるから、そういう事はさっさと全部親友に相談しろって話だよ」

「……」

「キミさあ。1人で抱え込む癖、あり過ぎ。ラノベ主人公じゃねーンだぞ」

「……俺、もしかして今、慰められてる？」

「まあね。少し腹も立ってるしね。何でそんな面白い事ボクに話さなかったんだ？」

「だって、なんかガキみたいだろ」

「あ？　いつボクたちが大人になったんだよ？」

ゲラゲラ笑いながら、イエン・シーハンは煙草の紫煙をくゆらせる。彼女は皮肉屋で性格も最悪で性根も捻れ腐っているけれど、だからこそ俺たちは友達なんだと改めて思った。

「……あんがとな」

俺が呟くと、シーハンはひっくり返った虫を見るような目で顔をしかめた。

「キモい」

「ありがとう。親友！　俺たちの友情は永遠だぜ！」

「うざい」

「友情パワーは無限大！　俺たちなら1足す1が200にも2000にもなるぜ！」

「死ね」

基本は馴れ合いとかが苦手なヤツなので、暑苦しい友情みたいなのは苦手なのだ。険しい顔をしつつもどこか恥ずかしげに頬を染める彼女を見て、俺は笑った。

「それじゃ親友。相談に乗ってくれよ！　どうやって兎羽に謝れば良いんだ俺は！」

「記憶消去薬でも飲ませれば良いんじゃないの」

「……朝イチで土下座かな」

「どうなのそれも。下手に出られすぎてもうざくない？」

少なくとも俺は兎羽を裏切った。彼女を傷つけてしまっただろう。少しでもその埋め合わせをしなければならない。でも一体、どうやって？

「……それとさ、シーハン。さっきの話だけど」

「あんだよ？」

「エネマグラって男の前立腺を弄る玩具だろ？　女性が何にどうやって使うんだよ？」

イエン・シーハンは鼻で笑った。

「キミ、本当に何も知らないんだねぇ」

「なぁ⁉」

とか何とか。少し、友達に救われた夜だった。

■

私の名前は千子兎羽。千子家の正式な後継者にして超お嬢様。取り柄はとにかく顔が良いこと。逃げ癖あり。物事に対処する能力無し。人間力は最弱クラス。雑魚オブ雑魚。

（こんな状況、私如きにどうしたら良いか、分かるはずがないよ）

当方、女子高生で憧れのお兄さんと結婚したのは良いものの、実は実妹が前世で彼と恋をしており、運命の絆があるらしい。

「おっはよー♪」

私は自分のクラスの教室を元気良く開く。不登校児がガンギまったテンションで登場したものだから教室中の人間が一瞬だけギョッとした。けれどそういうのは全然気にしない質なので（だって私と関係ないし）、私はガン無視してスタスタと友達の元に歩み寄った。

「あれ兎羽ちんどしたの。朝も早よからご機嫌ジャン」

「みぃ〜〜！　聞いてよぉ！　私最近結婚したんだけど、昨晩旦那と妹がキスしてたの！」

クラスは静寂に包まれた。不登校児がある日お元気に登校してきたかと思ったら婚姻届提出済みでしかも中学生の妹に旦那を寝取られそうになっているという話を小耳に挟んで、人間という社会的な生物は平静を装うことが出来ないのだ。

「相変わらず、ぶっ壊れてンね。兎羽ちん」

「愚痴！　りた！　い！」

「うーん。うちでも受け止められるかしらん、その怪談」

とりま朝の授業が始まって、休み時間にちょっと先生に呼び出されて単位の話とかをされて

いや流石に冗談です。とか濁して笑いつつ、昨晩はノータイムでスレッジハンマーを取りに行ったのは秘密。怖がられてしまうので。

「大吾クンはさ……なんていうか……なんていうか…………はあ」

「うわ。未練たらたらじゃん」

「……未練とゆーか」

「結局、未だ好きなんだ」

端的に言うとそういうことです。彼がたとえ妹とキスする浮気者だとしても、それを差し引いたとしても、彼と過ごした時間や、これから過ごせる時間について想いを馳せると、『切る』だなんて事が絶対に出来ないと気がついてしまう。悔しいことにね。

「あーうー。わかんないよぉ。私、どぉしたらいいんだよぉ」

「とりま、話し合いじゃね」

「それが一番苦手な科目なんだよぉ！」

「あー……兎羽ちん、すぐぶっ壊れるからねぇ」

「人を、百均のおもちゃみたいに言うなぁ！」

確かに私、衝動で行動しがち。理性を置き去りにして本能だけで突っ走りがち。それで事故って無事死亡。みたいな人生を送ってきたからね。ひぃん。

『――千子兎羽さん』

不意に、名前を呼ばれて驚いた。

「ほえ」

「ん？　これ、校内放送だね」

ぼわーんと籠もった音が学園中に流れていた。屋上にスピーカーは無いものの、階下の窓が開いた教室から、放送が漏れてここまで届いているのだろう。

『千子兎羽さん。来訪者の方がお見えです。至急、校門の前にお越し下さい』

一体何の話かしらん？　と首を捻る。しかも行く場所は、職員室じゃなくて校門の前？　来訪者だなんて、全く覚えが無いけれど。私は屋上から、校門を見下ろした。

「げぇっ」

校門前に停まっているのは、黒いリムジン。私の見知った、灰色のお髭の瀟洒なスーツのおじいさまが運転している。そして車のドアの前に立っているのは――

「……お、大叔母さま」

私の一番苦手な人である。千子家を実質的に取り仕切っている、超女傑だ。それだけじゃない。彼女の隣に、背の高い男性が立っていた。オールバックの端正な顔立ちの人だ。

あれは、確か……？

「――工藤刃さん？」

私の、元・婚約者。工藤刃。正式には、未だ『元』を冠するのは早いのだけれど。

■

俺がメゾン・ド・シャンハイに戻ってきたのは、朝の10時の頃だった。この時間なら兎羽も起きているだろうし、話し合う事が出来るだろう……と思ったのだけれど、彼女は部屋に居ないようだった。もしかしたら荷物も無くて部屋はすでにもぬけの殻……みたいになってるのも想像していたので、彼女のバッグがそのままになっているのを見て、少しだけ安心する。

「……どこ行ったんだろ？」

友達のところだろうか？　とりあえずスマホに彼女と話したい旨のメッセージを入れて、寝不足と混乱でこんがらがった頭をシャキっとさせるためにシャワーを浴びた。少し眠ろうかとも思ったが、妙に目は冴えていてそれは無理だと気がつく。

「……とりあえず、仕事するか」

俺の気持ちが逸って、兎羽を急かすべきでは無いように思った。今俺に出来る事は無いだろう。いつものように、アパートの掃除を始める。

「ふわぁ～。あ、ダイゴ。おはよ～ございまぁ～す」

ボロいアパートの部屋から出てきたのは、似つかわしくないゴージャスさを思わせる金髪の少女だった。宝石みたいな真っ青の目。それだけならお姫様にも見えそうなもんだが、服装はコスプレじみたチャイナドレスで、どこかチグハグで安っぽい。俺の友人でメゾン・ド・シャンハイの住人――リンゲイト・暁・ホーエンハイムだ。

「おはよう。何だ。今日、起きるの早いな」

基本、昼から夜まで働くヤツなので、朝に見かける事はレアなのである。

「徹夜デス。昨晩は朝まで、マリ……草……じゃなくて……、紅茶。そう。紅茶の飲み比べしてマシたから。はい。あー、英国は紅茶の国デース。紅茶、サイコ～」

「深くは聞かないぞ俺は」

「英国はホームズの国デース」

「掘り下げないって言ってるだろ」

シャーロック・ホームズが何を愛好してたかなんて全然知らないぞ、俺は。

「昨日は何かあったんデス？　深夜に兎羽ちゃんがスレッジハンマー借りに来マシタけど」

「あれはお前の私物かよ⁉」

リンゲイトはケラケラと笑った。

「もー私、大吾殺されるのカナと思いましたー。生きて会えてよかったネー」

「なら貸すなよ」

「だってその時わたし、紅茶がキマってたから」

「紅茶がな⁉　紅茶がなんだよな⁉」

駄目だ。これ以上こいつと話すと、色々と危険である。

「あ、お2人とも」

騒ぎを聞きつけたのか、部屋から獅子乃ちゃんが出てきた。髪はしっかりと梳いていて几帳面に服装を着こなしている。

「大吾さん、ピンチです。お姉さまが拉致されました」

「……え？」

「工藤刃氏の車に無理やり乗せられたそうです」

「……どこに、連れてかれたんだ？」

「逗子にある、千子家の別邸です」

何だよそれ。どういうことだよ。獅子乃ちゃんは、別邸がどこにあるのかを俺に教えてくれた。スマホで位置情報を確認した俺は、1も2も無く走り出す。

「行ってくるッ！」

何も考えていなかった。考える暇なんて無かった。

「ちょ……大吾さん、焦り……っ」

「ぎゃあ！」

階段から足を滑らせて、落ちる。

「……足、未だ完治してないんデスから。気をつけて下さいヨ。遅いケド」

呆れるリンゲイトと獅子乃ちゃんに見送られながら、アパートを飛び出した。

■

――なんて、バタバタと大慌てで家を飛び出す大吾さんを見送って、私とリンゲイトさんは顔を見合わせて少しだけ笑うのでした。

「くすくす。あの人いつも必死で、見てて面白いデース」

「冷や汗流して顔真っ青で。ちょっと、申し訳ないけど笑っちゃいました」

お姉さまが連れ去られた、と聞いて、お姫様のピンチに飛び出す騎士様のように、大吾さんはアパートを走り去っていった。それを少しだけ、羨ましいな、とも思うけれど。

「でぇ？　どこまでパチなんデスか？」

「パチ、とは？」

「だって工藤さんて社会的地位のある弁護士さんデショ。白昼堂々と人を拉致するなんてあり得ませン。大体、向かった先が千子家の別邸て。要は、お二人の実家じゃないデスカ」

「私、別に嘘は言ってはいませんけれど」

（お姉さまがピンチなのは本当だけど）

それは、工藤さんがどうとかじゃなくて、お姉さまは大叔母さまの事が大の苦手だからである。別邸に連行されたのも本当だ。何故ならあの人は色々な事を放り出して逃げ出したので、やらなきゃいけない事が山積みだからだ。多分、キツイお灸が据えられるだろう。

（大吾さん、上手くやってくれると良いけれど）

2人には仲直りして貰わないと困る。だってこんなところで破局されても、私と大吾さんが上手くいくとは思えないんだもの。寧ろ気まずくなって自然消滅するだけだ。

ゆっくりと距離を詰める。冷静に、焦らずにね。最後に勝つ。それだけを決めていた。

「それで獅子乃ちゃん。工藤さんって、どんな人なんデスか？」

「良い人ですよ。私財をなげうって病院に寄付したり、孤児院の活動を支援したり」

「ほえー。そんな立派な人なんデスカ！　え、大吾より全然素敵デスヨ」

別にそんな事は無いけれど。と呟きかけた。私は必死に口を噤んで。

「でも、そんな人がどうして兎羽サンの婚約者に？　他にお相手が居そうなモノなのに」

「それは」

何と言うべきなのだろうか。他人の事だし、言葉には気をつけるべきだもの。でも、説明するのが微妙に難しいのである。私は少しだけ考えてから、まあどうでも良いかと、適当な一言で片付けることにした。こういう他人にイマイチ興味を持てない所は私の悪癖だろう。

「――彼は、病的な変態だからです」

「獅子乃ちゃん。オブラートオブラート」

■

逗子の桑折山庭園住宅街と言うと、神奈川県内でも屈指の高級住宅街である。

「……うおー。すげえ」

俺——御堂大吾はバスから降りると、おのぼりさんのように辺りをキョロキョロと見渡していた。都心から離れてはいるものの、広い空と広い海。湘南の空気が心地よく、中華街みたいな圧倒的な情報量が詰め込まれた繁華街とは全く違う。時間までゆっくり流れてるみたいだ。

「えーっと。千子家は、ここから……」

この辺りは明らかに車文化圏。バス停からも随分と離れているようだった。俺は獅子乃ちゃんからもらった位置情報を頼りに千子家に向かう。どうも、ここから徒歩で十分ぐらいらしい。

(走れば、2分ぐらいか？)

歩いている暇は無い。俺はボロのスニーカーで地面を蹴った。

「あっ。……あなたが御堂——」

一瞬、誰かに声をかけられた気がした。しかもその人は、ひらひらフリフリのメイド服を着ていた気がした。いや、そんなわけない。だって逗子の真っ昼間に、メイドさんが道端を彷徨いている筈が無いんだ。ここは秋葉原とか日本橋じゃあ無いんだから。

（待ってろよ、兎羽……！）

俺は一層強く地面を蹴って、走り始めた。

「みゃあ⁉　待っ……！」

一瞬声が聞こえた気がしたけど、今は嫁の一大事である。立ち止まる暇は無い。

「うぉおおおおおおおおおおおおおおおっ！」

全力で逗子の高級住宅街を駆け抜けた。大型のもしゃもしゃした犬をお散歩させているマダムに一瞬ぎょっと見られながらも、ストライド走法で走り続ける。

「はぁ……はぁ……っ。待っ……、大……さ……っ！」

背後で誰かが俺を追いかけている気がしたけど、きっとそれは気のせいだろう。

「……〜っ！　……〜っ！」

背後で誰かが叫んでいた気がしたけど、きっとそれも気のせいだろう。

数十分程逗子の街を駆け抜けたのだけれど、俺が千子邸にたどり着く事は無かった。

「どこだ。ここは」

ざぶんと波打つ湘南の海を眺めながら、息を整える。いつの間にこんなところに来てしまったんだ。千子邸は、寧ろ山奥にある筈だったんだけど。

「……へぇ……へぇ……だ、大吾さあん……っ」

「え？」

「ぜぇーはぁー。ぜぇーはぁー。ひぇえええぇ……ひぇえええぇ……おえっ」

死にかけのメイドさんが、全身汗だくで過呼吸になりながらエズいていた。

「あな……あなたが……御堂大吾さん、ですよね？　私、獅子乃お嬢様から……頼まれ……、おぇえええっ。ひぃー……ひぃー……っ」

「と、とりあえず落ち着いて下さい。ここ、座ったらどうですか」

「お手数おかけします……ふぅーふぅー……ひっ……は、吐きそう」

「俺、飲み物買ってきます～!?」


「はぁー。落ち着きましたわー♡」

「……すいません。後ろ走ってたなんて全然気づかなくて」

いえいえ、と細めの目を一層細めて、彼女はおだやかに笑った。

「改めまして、私は千子家に仕えております。フェイワン・レイエス・フローレスと申します。

いつも獅子乃さまと兎羽さまがお世話になっております」

「あ。こ、こちらこそお世話になっております……」

綺麗な薄い小麦色の肌の女性は、瀟洒にペコリとお辞儀をした。俺も見様見真似で続く。

「凄いっすね。日本語、お上手で」

俺は日本人が外国の方に思わず言ってしまう台詞一位の言葉を並べてしまった。嫌そうな顔をすることも無く、フェイさんはニコニコと笑う。

「ありがとうございます。もう日本に来て、20年になりますから」

「あ、そうなんですね……じゃなくて、えっ。20？」

フェイさんは傍から見ると、俺と同じぐらいの年齢にしか見えなかった。20年も日本に暮らしてるってことは、一体いくつなんだろう。

「今年で37になります」

あ、教えてくれるんだ。それにしても、37。全然見えない。お肌もピチピチだし、どこか顔立ちが幼いせいなのだろうか？　俺より10も上には思えなかった。

「フェイさんは、千子家の……メイドさん、なんですよね？」

「そうですね。元々は、乳母だったのですけれど」

「乳母」

「獅子乃さまも兎羽さまも、私がお世話を任されておりました」

そう言えば兎羽から聞いたことがある。彼女は若い頃に母親が亡くなってしまって、乳母さんが本物の母親のように育ててくれたんだとか。

「俺、御堂大吾です。兎羽と結婚しました。……挨拶に伺いもせず、すいません」

「いえいえ。それにしても、あなたが大吾さん、ですか」

フェイさんは目を細めながら、ジロジロと俺の体を見る。

「ふふ。随分、たくましくなりましたのね♡」

「えっ……？」

彼女は意味深げにくすくすと笑った。色々と滅茶滅茶気になるところだけど、今は余りここに時間をかけることは出来ないのだった。

「あの。すいません。俺、兎羽の所に──」

「分かっていますわ。お屋敷への道はちょっと分かりづらいから、家人が居ませんとたどり着くのは少しむずかしいのです。それでは大吾さん。一緒に参りましょうか」

優しくニコニコと笑うフェイさんの後に、俺は続いた。

千子家の邸宅は、海を見下ろせる小高い丘に建っていた。

「ぜえ……ぜえ……徒歩では上り坂と階段が多すぎて……大変ですの……」

「すいません。ご苦労かけちゃって」

「いえ……。兎羽さまの旦那様のお迎えですもの。お安い御用です」

むん、と両腕を寄せて元気アピールをしていた。少女のような動作だが、汗でシャツが張り付いたたわわな胸に薄くブラジャーの色が透けていた。俺はサッと視線を逸らす。

「うわあ。……でっか」

千子家を目の前にして、思わず口をついていた。視界の端でフェイさんが少し頬を赤くして、ササッと胸を隠していたような気がするが、気の所為に決まっている。

「マジのお屋敷なんですね」

桑折山庭園住宅街は沢山の高級な家が立ち並ぶ地域だが、千子家はそれらよりも一線を画していた。モダンだが歴史を感じさせる巨大な家は、品格があって嫌味な感じもない。俺みたいな貧乏人には一生縁がなさそうな場所である。

「本日は大叔母さまと工藤さまが居らしてます」

『工藤』の名前が出てきて、一瞬身構える。ネットニュースで顔を見たことが有る。彫りの深い顔立ちで、静かな雰囲気を感じさせる、ザ・格好良い男。という体の人だった。

（兎羽に未練があるんだろうか？　だとしても、彼女に何かしたら……）

それを許容する事は出来ないだろう。俺は拳を固く握りしめる。

「あらあら。男の子ですのねー♡」

メイドさんがニコニコと笑って、微妙に気勢が削がれたけれど――

「それでは、こちらでお待ち下さいね」

俺は屋敷に入ると、巨大なリビングで巨大なソファーに座った。外観が和風だったので部屋も和風かと思ったのだけれど、天井には巨大なシャンデリアが吊られている。この空間、小市民にはめちゃめちゃ居心地が悪い。

（フェイさんが来てくれて、助かった……！）

元々の作戦では、千子家に着いたら呼び出し連打。応じなかったら無理やり家の中に入って、頼もうと叫びながら兎羽を奪取しようとしてたからな。我ながら脳筋で恐縮だけど。

（フェイさんを呼んでくれたのは、獅子乃ちゃんなんだよな）

俺が無理な作戦で屋敷に乗り込んだり、そもそも家を見つけられない事も織り込み済みで助け舟を出してくれたのだろう。本当に賢くて優しい女の子だ。彼女のそういうところを、心の底から尊敬する。本気で俺と兎羽の事を応援してくれているんだな。

「……君が、御堂くんか」

背後でドアが開いた。そこに居たのはネットで見たのと全く同じ背格好の男だ。オールバックの髪型に、薄めのサングラスをかけた浅黒い男。

「――工藤刃……さん」

「……なるほど。知っていてくれているようだね」

　彼は低音でよく響く、けれど静かな声で呟いた。落ち着いた雰囲気だが、どこか威圧的な剣呑とした表情で俺を見る。草原の馬を思わせる瞳。

（細身だが、肉付きが良い。格闘技でもしてたのか）

　何よりこの自信を感じさせる佇まいが、彼の人生の厚みを感じさせた。俺の友人の玉ノ井社長も持っているが、修羅場慣れした男の風格、とでも言うのだろうか？

「――御堂くん」

　工藤が俺を呼ぶと、一瞬瞳の奥が光るのを感じた。

（何だ。まさか兎羽に俺は相応しくない、とでも言うんじゃや――）

　拳を握る。それと全く同時の事だった。

「頼む！　兎羽さんを絶対に、離さないでやってくれぇぇぇぇぇ！」

　高らかに叫んで、土下座した。

「はい、こちらダージリンになりますわ～♡」

　語尾に♡を付けながら、フェイさんは俺と工藤氏にお茶を差し出した。高級なティーカップに、高級な紅茶がムラムラと湯気を立てている。

「御堂くん。僕はね、最初、大変な事だと思ったんだよ」

「と、いいますと？」

「とうとう、アレを弁護して法廷に立つ日が来てしまったか。と」

「アレというのは、うちの嫁のことですかね……？」

「そう。聞いたよ。ブラインド婚約とか。婚姻した後に着拒とか。本当に、通報しないでくれてありがとう。僕には、それしか言葉が見つからない」

なんだ？　随分と、俺が思ってた展開と違うぞ??

「工藤さんは、兎羽の婚約者だったんですよね？　その、あの、良いんですか？」

「良いも何も、万々歳さ！　これで僕は自由の身だ！　本当に本当にありがとう！」

工藤氏は感激の涙をぽろぽろと流す。

「結婚なんて御免こうむる。極めて遺憾だね。大体、結婚てのは破綻した時代遅れの制度だよ。結婚式なんて名前の華やかな処刑台と、永遠の愛とか言う庶民の射幸心を煽るありきたりで安っぽい文句が産んだ、歪み以外の何物でも無いよ」

「で、でも。結婚したら子育てだって分担出来ますし……」

「結婚と子育てを紐付けるのには反対だね。人間の倫理観をあてにした制度なんて、無理があると思わないか？　誰かの親になるだなんて非常に重い責任を伴う行為だよ。それなのに、何の試験も座学もせずに、車の免許を取るよりも（手続き上は）簡単に人間の命を造る事が出来るんだ。そんなのは僕に言わせれば非道徳的だね。本当に人類の幸福を想うなら、全ての子供は人工授精によって生産され、その養育は然るべき機関によって運営されるべきだよ。人間が人間を育てるなんてナンセンス以外の何物でもない。人間を育てるのは、法や制度・社会という名の巨大な化け物であるべきだ」

いや何だこの人。

（やべぇやつだ）

工藤氏の長々しい理屈とは対象的に、俺の感想は六文字で事足りた。

「でも俺、工藤さんが兎羽を拉致したって聞いたんスけど」

「あの馬鹿女はあらゆる手続きを僕に放り投げ、然るべき確認が必要な書類の全ては滞り、特に遺産関係の事に関しては千子家で流血騒動まで起きているからだ。僕は人命を救うためにするべき処置を行っただけさ。これで千子家のお家騒動も少しは収まるだろう」

なるほど。端的で簡潔な、納得せざるを得ない理屈だ。

（全部悪いの、俺の嫁じゃん）

いやまあ惚れた身からすると、そういう所も可愛いんですよ？　いや、フォローは無理か。

「工藤さん。結婚嫌いで、兎羽の事自体苦手っぽいのに、よく婚約なんてしててましたね」

「……うちの家系の人間は、詩子さまには逆らえなくてね」

『詩子』さん？ 誰のことだろう。分からなくて隣に座っていたフェイさんに目配せすると、彼女は相変わらずニコニコと笑いながら教えてくれた。

「千子詩子さま。兎羽さまから見ると、大叔母さまの事ですわ」

工藤氏が、称賛と諦念の混じった表情を浮かべた。

「恐ろしい人だ。伊達に戦後の東京を身一つで乗り切ってない。GHQの財閥解体で漁船用の氷が不足して魚が保存できず食糧不足に陥った時……おっとこれは内緒の話だったか」

「何ですかそれ、滅茶滅茶気になるんですけど」

「とにかく恐ろしい人なのさ。あの人の指先一本で、僕の家なんかは消し炭になる」

工藤氏はぶるぶると震えながら呟いた。どうもこの人は、半ば脅された状態で無理やり兎羽と婚約していたらしいな。なんだ。今更ちょっとホっとした。

「そして、大吾くん。改めてよろしく。僕は千子家の顧問弁護士をしていてね。千子家とは一応、遠い遠い縁類になるんだ。つまり君ともこれから親戚という事になる。余り人好きするタイプでは無いのだが、何卒よろしく頼むよ」

「……こ、こちらこそ。よろしくおねがいします」

なんだ。何ならこの人、ちょっと良い人まであるな。『やべえやつだ』とか思ってしまった自分の事を普通に恥じた。すごくちゃんとした、真っ当な人じゃないか。

「あら？ 工藤さまって、恋人さんいらっしゃいましたよね。一度お会いしたような」

フェイさんが呟く。工藤氏はため息を吐きながら首を振った。

「別れました。1年ほど前の事ですが」

「あらまあ。それは残念。でもどうして？」

「僕が、ちょっと無理で」

「性格の不一致、みたいなことでしょうか」

「――いえ。人間ってやっぱり気持ち悪いなって」

恐ろしいセンテンスに、思わずぎょっとした。

「というよりも、炭素系生物は基本的に苦手なんですけどね。あの肌とかいう物質のぶよぶよで不愉快なこと！　本質的に意味の無い宇宙において、神経とか思考とかって惨めな能力を持っているのも嫌いですね。人間と人間が結合して人間が出てくるっていうのも不気味でゾッとしませんか？　口を開けば不快な音で鳴き続けるし、大体、あの臭いが苦手なんですよ。生物特有の生の臭い。まだ腐乱した死体の方がよっぽどフレグランスってなもんですね。それに生き物の持つ愛や勇気、想像力や思いやりの気持ち。そういうの、なんか馴染めないんですよね。ほら、石とか水なんてのは静かにそこに存在してるだけじゃないですか。それで良いですよね。というより、僕らもずっと昔はそうだったはずなんだ。それなのにどうしていつの間に、我欲だとか執着だとかの能力を獲得してしまったのかな。生存競争の結果なのかも知れないけれど、どうも僕はそういう不自然と言うか、奇妙な物に反発を覚えるんですよね」

しかし、いちいち恐ろしい持論を長々と語る御仁である。

「すごいですね。よくそんな考えの人が、婚約なんてしましたね」

思わず、俺は感嘆してしまう。

「本当ですよ。だから僕は御堂さんに感謝しているんだ。本当に首の皮一枚繋がった。本当に本当にありがとう。僕を地獄から救ってくれて」

フェイさんが困ったような顔で苦笑した。

「もし結婚まで進んでたら、工藤さま、死んじゃってたんじゃありませんの」

「それはないです」

工藤氏は薄い色のサングラスの下で、確かな決意の宿った視線を向ける。

「僕は生物が嫌いだけれど、僕自身の事は嫌いでは無いんです。違うな。自己否定だなんてものは『非効率的』なんだ。自分で自分が好きだとか嫌いだとか。僕に言わせれば、そんなの下らない自慰ですよ。そりゃあ、自分を惨めがって気持ちよくなる感覚はよく分かりますがね。僕は僕を否定しないし、ましてや己の人生を自分で切り捨てるような事は絶対にない。たとえどれだけの逆境に陥ったとしても、僕は僕の生を諦めたりはしない」

語り終えて、彼は紅茶を口に含む。こんなに雄弁なのは、やはり弁護士という職業故なんだろうか？　ここまで恐ろしい理屈を語り続ける人間を俺は余り知らなかった。

（『やべぇやつ』だ）

全然、己を恥じる必要はなかった。この人、やべぇやつである。彼が語った内容について俺は半分も理解できなかった気がするけれど、少なくとも彼の内面の複雑さだけは感じられた。

「今度飲みに行きましょうね、工藤さん」

「ああ。それは嬉しい。ぜひ」

俺は思わず誘っていた。だって楽しい人だもの。こういう変な人を見ると、友達になりたいなと思うのは俺の昔からの癖だ。シーハンが親友な時点でお察しだけどさ。

「フェイさん。奥様が、御堂さまをお呼びです」

控えめに呟いたのは、また別のメイドさんである。なんでもこのお屋敷には、いつも3名のメイドさんが常駐しているらしい。俺は立ち上がる。

「ふぅ。緊張するな」

「大丈夫ですわ。さあ、参りましょうか」

兎羽は自室にて、書類仕事の為に拘束されているそうだ。つまり俺がここに殴り込みに来たのは完全に無駄だったって事だろう。しかしせっかく来てしまったのだから、千子家の人々にご挨拶しなければならない。

噂によると千子詩子という人は恐ろしい女傑との事だけど、大丈夫だろうか？

(俺なんて、明らかにこの家柄には不釣り合いだ)

だが、結婚生活に家族付き合いは付き物。認めて貰えるように頑張らないとな。

　コンコン、とノック。すぐに「入りなさい」と声が返る。フェイさんはニコニコ笑いながら、馬の意匠が彫られたドアノブをガチャりと捻った。

「初めまして。俺が――」

　御堂大吾です。と言いかけて、その老齢の女性はお構い無しに口を開いた。

「御堂大吾。だろ？　ああ、話は聞いてるよ。そうかい。あんたが。へえ。……なるほど。あれは、こういう感じの男が好みなのかい」

　女傑――千子詩子。高い鼻に、鋭い視線。わずかに弛んだ肌や深い皺から、お年を召されている事は分かったが、それ以上に彼女自身が発する生のエネルギーが強すぎてその正確な実年齢を量ることは難しかった。彼女が居る場所だけ少し空気が重いような、存在感のある人だ。

「すいません、ご挨拶が遅れてしまって」

「構わないさ。どうせあれに実家の場所も知らされて無かったんだろ。あいつはどうも秘密主義だからね。ガキの時分から全く変わりゃしない」

　それより、と詩子さんは呟いた。

「アンタ、獅子乃にまで手を出したんだって？　中々やるねえ」

「いや、それは……っ」

「言い訳なんざしなくていいさ。今はどうか知らないけどね。アタシがガキの頃なんて、どこその太郎が今夜また別の女のとこに夜這いに行くとか言うと、男衆は羨ましそうに、女衆は物欲しそうに眺めたものさ。まあ、山奥のど田舎の村だったからね」

「詩子さんって、田舎のご出身なんですか」

「まあね。もう廃村になっちまったけどさ。アタシが、13、14の頃なんて、山を挟んだ隣の村から2時間はかけて男がよく夜這いに来たもんじゃぜ。一度なんて、3人の男たちが鉢合わせちゃってね。もう大喧嘩で酷かった。まあアタシは大笑いしてたけど」

「……そ、そうなんすか」

昔ってすげー！　やっぱ今とは道徳観とか貞操観念とか倫理観とか色々違うんだろうな。

「他人の色恋なんて、どうこう言えるモンでも無いだろ。好きにやらせちゃ良いのさ。どうせ全員、どっかに傷を拵えながらデカくなってくしか無いんだからよ」

詩子さんはケラケラと笑うと、古いパイプに火を付けた。和装の彼女が、モダンなパイプで煙草を吸う姿は、ミスマッチな筈なのに妙に似合っていた。

「てっきり俺、どこの馬の骨とも分からん奴に兎羽はやれん、とでも言われるもんかと」

「ぶわっはっは。おいおい。聞いたかい、フェイ。馬の骨、だとよ」

フェイさんは、曖昧に笑っていた。詩子さんが続ける。

「千子の家は、名家でね。元々は小田原藩のお偉い方の家だったとか。よく知らないがね。まあ、うるさい連中ばかりなのさ。だけどアタシが旦那と出会った時、アタシは浅草の見世物小屋で蛇女の役をしててね。こう、ね。尻尾の先で男の顎をつーと撫でると、馬鹿な歓声が上がったもんさ。ハマり役だったんだよ。アンタが馬の骨なら、アタシは蛇の骨。寧ろプライドばっかり高い良家の連中より随分マシってなもんじゃあないか」

予想していたよりも、ずっと豪胆な人である。いや、何となくそうなんだろう、とは思っていたのだけれど、俺の予感なんかよりもずっと、遥かに、豪胆だ。

「兎羽は、アタシのお気に入りでね」

「そうなんですか？」

「周りの連中からは、無責任だの、すぐに逃げるだの、根性がないだの、精神が弱いから一度寺に入れた方が良いだの、さんざっぱらな言われようだが――」

(ほんとに散々言われてるな、俺の嫁……)

「――アレは、アタシの若い頃にそっくりなのさ」

どこか恥ずかしそうに、嬉しそうに呟く。まるで孫の事を話す好々爺のようで、その一瞬の表情に、彼女の兎羽に対する感情を見た気がした。

「確かにね。心が弱いし。逃げ癖もあるし。酷いもんさ。今はね。でもあいつは多分、追い詰められた時、誰よりも強く、頑なに闘い続けるんじゃないかな。そういう隠された精神力を持っている気がする。要領が無駄に良すぎる分、甘えた方向に逃げ出しがちなだけでね。本当に逃げ場のない袋小路に閉じ込められたら、アイツは本性を現すぜ」

「……」

「ま、だからさっさと結婚してガキでも作ればマシになると思ったんだがね。ほんと、何かから逃げるときだけは妙な行動力があって頭が回るやつだ」

背後で、フェイさんがくすくすと笑っていた。

「そもそも結婚が嫌なら先ずアタシに言えよって感じじゃないか？　変なアプリに頼る前に。ちゃんと理由だとか原因を話せば、アタシだって分かってやるのによ」

「詩子さまは、理詰めで問い詰めなさりますからね。兎羽さまは感覚派なので、『それは何故？』と何度も尋ねられると頭があわあわになってしまうのですわ」

「それは何だい。アタシが恐いって話かい」

「はい♡」

フェイさんは雇用主に対して、全くひるまずニコニコしながら語尾に♡を付けていた。流石、兎羽と獅子乃ちゃんの母親代わりの人である。強い。

「まあ、とにかく。好きにやりな。アタシからアンタに頼むことは一つも無いよ。ただ、贔屓も別にしないけどね。或いはアンタが、それだけ価値の在るやつだって証明したら、幾らでも贔屓してやるさ。せいぜい、楽しくやればいい」

　ニヤリ、と彼女は笑う。千子家の名手・千子詩子の『贔屓』。それはきっと、名だたる財界の人々が喉から手を伸ばして欲しがるような祝福なのだろう。彼女は俺に、その権利はあるがどうする？　と尋ねていたのだ。

「俺は……兎羽と家庭を作りたい。幸せにしたい。今は……それしか考えられないです」

「いいさ。いいさ。意地悪を言っただけさ。だったら、ほら、もう行きな」

「え？」

「ドアに耳を張り付けてる間抜けが廊下に居るぞ。きっとアンタに用事だろう」

　俺が振り向くと、たしかにドアの向こうからがたん、と音が鳴って、すぐにパタパタと廊下の先に逃げていく足音がした。なんて速い逃げ足だ。こんなの彼女しか居ないだろう。

「ありがとございます。失礼します」

　俺は軽く頭を下げると、すぐに部屋を飛び出した。そんな俺の後ろで、フェイさんと詩子さんが笑っている声が響いていた。

　後から来てくれたフェイさんに兎羽の部屋を教えて貰って、俺はコンコンとノックする。

「兎羽。俺だ。話がしたくて、来たんだけど」

「……」

ドア越しに、彼女の息遣いが聞こえていた。

「ちゃんと話し合おう」

返事は無い。聞こえている筈だけれど、応えてくれない。

「兎羽。傷つけてごめん。俺が好きなのは兎羽だ。本当に」

旦那と妹がキスしてたんだから、そりゃあショックを受けただろう。俺に出来るのは、彼女に謝ることだけだ。それ以上に出来ることがあったら良いなと思うけれど。

「ドア、開けるよ」

「……っ」

ドアの奥で、彼女が息を呑むのが分かった。俺は、ドアを開く――

「……鍵かけたな」

ガチャガチャと言うばかりで、ドアノブが本来の用途を果たすことはない。

「ここで私の出番ですわ♡」

フェイさんは鍵を取り出すと、俺が何かを言う前に速攻で鍵を開けた。

「！」

がちゃり。またすぐに、鍵が閉められる。

「あ、こら。兎羽さま。逃げてても何も変わらないでしょ！　ビンタするなり別れるなり復縁するなり好きにしていいから、ちゃんと向き合いなさい」

「……～～っ」

内側からかけられた鍵を、フェイさんはまたがちゃりと開く。

「こら。だからまた鍵をかけて。遊んでるんじゃないんですよ。あ、また！　もうお母さん怒りましたから。何時間だって、このいたちごっこ続けて――」

「お、落ち着いて下さい。フェイさん」

フェイさんが鍵を開けるたびに、兎羽は中から鍵を閉める。よっぽど俺と会いたくないんだろう。というかまあ、兎羽だしな。こういう人間関係の摩擦が本当に苦手な人だからな。

「大丈夫です。俺、兎羽の心の準備が出来るまで待ちますから」

俺が急かすような事をしたら駄目だと思った。なにせ100パー俺が悪いんだから。けれど俺より遥かに兎羽の事を知り尽くしているフェイさんは当然のように応えた。

「無理です。この子の心の準備は一生出来ません。逃げると決めたらどこまでも逃げる子ですもの。頑固で不器用だから。そのままフェードアウトとか普通にしますよ、この子。時間が経てば経つほど気まずくなって、ドツボにハマって一層喋れなくなるとかもう、全然ありえますわ。それで1人でさめざめと泣くんです。だから、そんな弱気では駄目」

「……否定したいけど、しきれない俺がいます」

「御堂さんが旦那さまなんだから、この子が逃げた分、距離は詰めないとね♡」

鍵を高速で開けて兎羽を部屋から追い出そうとしつつ、ニコニコ笑っていた。たぶんフェイさん、兎羽のこういうの、もう慣れっこなんだろうなあ。

「ほら、いい加減にしなさい。兎羽さま！　子供じゃないんだから！　御堂さん、ここまで走って来たのよ！　私もちょっと引いちゃうぐらい、必死に――」

がちゃり、と。拍子抜けするぐらい簡単にドアが開いた。

「……走って来た？」

兎羽が居た。黒髪が揺れる。彼女はドアを開けて、初めて見る新鮮な制服姿で、目をまん丸にして、俺の事を見つめていた。

「兎羽。俺――」

「良いから。大吾クン。先に教えて。あなたここまで、走ってきたの？」

「い、いや。途中までは、電車とバスを乗り継いだけど」

「うそ。バス停からここまで？」

兎羽が俺の手を取る。俺は何を言われているのかもわからない。俺は彼女に手を引かれて、部屋に入る。兎羽の部屋。ぬいぐるみだとかアクションフィギュアがところ狭しと並べてあって、思った以上に庶民的と言うか身近な感じがして嬉しかった。

「うをっ」

俺は、ベッドの上に突き飛ばされる。

「フェイちゃん。私さ、こういうのわかんないから。見ててほしいんだけど」

「え。ええ……っ。確かに私は兎羽さまのママだけど、でもでもっ。初めてを監督するのは流石に役者不足と言うか、流石に気まずいというかっ。でもちょっとしてみたい気も……！」

「天然かましてないで。これ」

兎羽は俺のズボンの裾を掴むと、無理やり捲った。

「ひっ」

フェイさんが息を呑むのが分かった。

「すぐに、救急箱、持ってきます！　あ、いや。それに、お医者。お医者さまも！」

フリフリとしたメイドフリルを靡かせながら、彼女はすぐに部屋を出ていった。

「……ばかじゃないの。骨、ひび割れてたのに。全力ダッシュしやがって」

兎羽は俺の、真っ青に腫れ上がった足を見ながら泣きそうな声で呟く。

「あー……いや。見た目以上に、案外なんとも無いんだよ」

「嘘つき。顔真っ青で。脂汗酷くて。今にも、痛くて叫びだしそうな癖に。どう見たってこんなの、骨折どころの話じゃないよ。こんな……酷い色、見たことないよ……」

我慢と耐久は得意だった。そんな、俺の事なんて正直どうでも良かった。それよりも、兎羽が今どういう気持ちで、どういう状態なのかを知りたかった。

「それより兎羽。昨夜のことは――」

「それより、じゃないからっ！」

「……っ」

「私、そういうの嫌い。なんで……君は……！」

兎羽は俯いて、言葉を呑む。鬱血した紫と青の不気味なコントラストの足をじっと見つめる。

「兎羽。お前の事が、好きだ」

「……！」

「本当に、ごめん。許して欲しい。戻ってきてくれ」

深々と頭を下げた。兎羽がそれを見て、呆気に取られるのが分かった。正直、もっと上手い方法があるような気がした。でも俺はアホなので、ただこうして頭を下げるしかない。それが歯がゆかった。ただ彼女に、気持ちを伝えることしか出来なかった。

「別に私。君が嫌で、実家に帰ったとかじゃないけど」

「……うん」

「ていうか、昨日の今日だし。考える時間、もっと欲しかったし」

「……うん」

「じゃあ、一つだけ聞くよ。一つだけ。これだけは本心で答えて」

兎羽が軽く深呼吸してから、胸に手を当てて、呟く。

「――しぃしぃのこと、好き？」

震える声で、静かにゆっくりと彼女が呟く。俺は息を呑んだ。ああ、なんて物事の確信を突く無駄の無い質問なんだろう。俺は、考えようとした。けれど先に口が動く。

「……好きだよ」

「そっか」

彼女は笑った。拳を思いっきり振りかぶった。

「歯ァ食いしばれ、この豚野郎――ッ！」

それがあんまり美しいフォームだったので、俺は見惚れてしまった。完璧な、教科書通りのJOLTブロウ。それは、彼女のサンデーパンチ。

「びぎゃっ」

俺は頬をぶん殴り飛ばされて、その場に倒れた。兎羽は、ハァハァと息を荒くしながら、自分の拳を小さく擦る。彼女は俺をじっと見つめた。

「大吾くん」

「……うん」

「私の方が大事なの」

「そうだよ」

そう、と彼女が呟いた。痛そうに、拳をさすりながら。

「……許したげる、とは。まだ言えないけど」

兎羽は倒れる俺を、まん丸な目で見つめる。

「お家、帰ろっか」

彼女は、俺の手を取った。

■

お家帰ろっか。とは言ったものの旦那の足が酷いことに（マジで人生で見た中で一番酷い人間の色してた）なっていたので、私たちはお屋敷にお医者様を呼んだ後、（これはやばい、と言われたので）そのままタクシーで病院へと向かいました。

「お姉さま」

病院のロビーで待っていると、遠くから病院とよく似た清潔な真っ白の髪の女の子がパタパタと走ってきていた。勿論、皆様ご存知、私の可愛い妹である。

「しぃしぃ。こっち～」

「大吾さんの保険証持ってきました」

大吾クンはアホなので、私が拉致されたと聞いて財布すら持たずに家を飛び出て来たらしい。

バスや電車はスマホのお財布携帯で乗ってきたとのこと。本当に、アホなんだから。

（……とはいえ、ほんのり嬉しい自分も居るわけで）

うーん。乙女って複雑。

「それで、お姉さまと大吾さんは仲直り出来たんですか？」

「ン。まあね、一応ね。未だちょっとアレだけど」

そりゃあ、そんな簡単に、全部終わり！　って出来るほど人間出来てないけどさ。

「でも私、怒るのってあんまり得意じゃないから」

どのぐらい怒って良いのかわかんなくてすぐスレッジハンマーとか持ってきちゃうし。ずっとぷんぷんしてると疲れてきちゃうし。もう終わりで良いかな、と思う。

「それでお姉さまとしては、妹の弁解も聞いておきたいんだけど？」

「……まあ、そうですよね」

流石しぃしぃ。氷の女。姉の夫にキスをした割に、表情に変化が無い。

「ごめんなさい、お姉さま。夫婦の風紀を乱してしまって」

「……ホントのトコどうなの。大吾クンは前世がどうのって言ってたけど」

「彼が何を言ったかはわかりませんけど、概ね真実です」

そうなんだ。『前世』だなんて世迷い言、正直未だに信じていられない所もあるのだけれど、あの現実主義者のしぃしぃまで言うんだったら本当なのかもしれない。

人魚姿のナースが、泣きながら私に何かを伝えていた夢を思い出す。しぃしぃと大吾クンが運命の人同士で、私はただの邪魔者なんだと。でもすぐに、それを思考の隅に追いやった。

「それで、しぃしぃは……」

――心臓が強く痛む。本当は、答えなんて知りたくなかった。

「大吾クンのこと、好きなの」

しぃしぃは、キョトンとした目で私を見つめてから、小さく笑う。

「そういうのではないです」

思わず、私は拍子抜けする。だって、彼女があんまり当然みたいに言うもんだから。

「あれが何なのか、私にも分かっていないのですけれどね。私も彼も、不思議な夢を見たの。それで、体が操られたみたいに動いていただけ。感情なんてありません」

「……ほんとに？」

「ええ。だから、もう一度。ごめんなさい、お姉さま。でも気にしないで下さい。あれは、熱に魘されたようなものなんです。意味なんて、ないの」

冷静に、彼女は呟く。その表情に、相変わらず迷いはなかった。私は彼女が、本当のことを言ってるんだな、と思った。だってこれが嘘だったら、私の妹はアカデミー俳優並の演技力を持っているということだもの。将来はスパイとかになった方が良いかもしれない。

「ン。そっか。ちょっと、なんだろう。安心した」

「ごめんね」

心配そうな妹に、私は笑いかける。もう怒ってないよ、と伝えるために。それにやっぱり、私は怒るとか苦手なんだ。特に、この妹に対しては。

「そっか、良かった。でも——」

だから、最後に。これだけを聞かせて。

「——大吾クンは、しぃしぃを好き。って言ってたから」

私は彼女の瞳の奥を覗き込んだ。

「……大吾さんが……そんな事を……？」

「うん」

さあ、どう反応する。私は彼女の表情を、一挙一動を、逃さないように目を皿にした。

「……お姉さま。そんなやつ、さっさと別れた方が良いですわ」

「ふにゃ？」

「お姉さまというお嫁がいながら、そんな不埒な事を言うなんて。流石にどうかと思います。お姉さまはもったいないわ、そんな人には」

「……そおかな」

「そうです。全く、本当に酷い話。ちょっと私、本気で怒っていますわ」

しぃしぃが、ぷりぷりと怒りながら呟く。なんだ。そうなんだ。私は、妹をテストしたような自分を、恥じてしまった。

「きっと彼も、変な勘違いをしてるのね。あれは本当におかしな夢だったから」

「……」

「でも、どうせただの夢なのよ。目を醒ましたら消える夢」

現実主義者の妹は幻想を嘲る。

「そっか」

「そうですわ」

私は、それで、すとん。と胸のつかえが取れてしまったのだ。

「ね、しぃしぃ」

「なに？」

「私ね。本格的に大吾クンと暮らそうと思うの。家族だから。引っ越しもするつもり」

「……そうなんだ。おめでとうございます」

「しぃしぃも、一緒だよ」

「え」

彼女は驚いて、目を丸くした。それが、猫ちゃんみたいで、なんかちょっとおもしろかった。

「だってさ。私たち、たった2人の家族じゃん」

「……」

「そりゃ、フェイちゃんも家族だけど。でも、私たちが一番。でしょ？」

「……でも……新婚なのに……私、邪魔だわ」

私は1人で笑ってしまった。だって私だぜ？　大吾クンと2人きりで暮らすとか、あんまりハードルが高すぎるもの。絶対逃げる。或いは、ストレスで禿げる。だから、しぃしぃが居てくれたらむしろすっごくありがたいんだ。

「私ね、子供の頃から決めてたの。いつか家を出ようって。それで、家を出ても、絶対にしぃしぃだけは1人にしないって」

「……お姉さま。そんな事考えてたの？」

「まあね」

照れくさくて視線を逸らしていると、彼女はくすくすと笑っていた。

「やっぱり姉妹ね。私も全く同じ事考えてたの。どうせお姉さまは家を出たら1人で色々やらかして、路頭に迷うだろうから。その時は、私が介護しないとって」

「なぁ!?」

「未来って何にもわかんないでしょ？　私たち、きっと大きな喧嘩も沢山すると思うの。だって正反対の姉妹だもの。でもね、それでも、私とあなたは一緒に居るだろうなって」

ニュアンスが微妙に違うけど。確かに私たち、似たような事は考えては居たけれどさ。釈然としない部分もアリつつも、嬉しい私。やっぱ私たちは姉妹なのだ。どこまで行ってもね。

「代わりに」

彼女は真剣な顔で呟いた。

「部屋の防音だけはしっかりして下さい。夜に音が聞こえるとか。流石に吐いてしまうから」

「な、なななななっ。なにをゆってんのしぃしぃはっ！」

「……結婚しておいて、今更何をビビってますの。夫婦の営みぐらい、当たり前ですわ」

「ふにゃ……っ」

何この妹！　お姉さまよりもよっぽど大人なんですけれど⁉

（大体私は、寝室だって大吾クンと私で分けようと思っていたのに）

それはちょっとビビりすぎだろうか。また大吾くんに呆れられる気がする。でも私は、彼に呆れた顔で見られるのが何だか好きだからな。提案するだけしてみようかな。彼と一緒に寝るなんてだけでも、ドキドキして絶対眠れなくなっちゃうやつだろうしさ。

——私と、大吾クンと、しぃしぃの3人で暮らす。

（それって何だか楽しそうだな）

そんな事を考えて、なんか笑った。

■

そうして。私は——千子獅子乃は。お姉さまに「トイレに行ってくる」と呟いて、席を立つ。

(早く、1人にならないと)

心臓の高鳴りは、そろそろ収まらなくなっていた。吐きそうな程の高揚感と緊張。私は早足でトイレに駆け込むと、空いていた個室の一つに入って、鍵をかけた。

(——大吾さんが、私の事を、好きって言った?)

ほんと馬鹿。馬鹿過ぎるんだあの男。何を正直に——私の体はびくんと跳ねる——言ってるんだ。私の事が、好きだなんて。お嫁さんの前で。お姉さまの前で。

(馬鹿は、私だ)

大吾さんは、私のことが好き。だけどお姉さまの方を選んだ。だって、お姉さまの方が好きだから。私への好きより、勝ったから。つまりさ。

(……私は、惨めな負け犬)

それでも、彼が私を『好き』と言った事実に、体は卑しく反応してしまう。自分のお嫁にするほどではないお義理の『好き』。それなのに、私はエサを貰えた犬のように、はしたなく尻尾をぶんぶんと振り回すのだ。ああ、本当に自分の惨めっぷりに笑けてくる。

(大吾さんが私を好きって言った。大吾さんが私を好きって言った……)

自虐する暇も与えないぐらい、体は熱くて。

(……私も。好き。です)

言えたらいいのにな。でも、無理だから。私は必死に言葉を飲み込んだ。

「あぶなかったあ」

よくあの状況で、全く表情を変えなかったものだ。我ながら恐ろしい程の胆力である。こうして、日々自分の新たな可能性を開拓していくのだろうか？

(私と、お姉さまと、大吾さんの3人で暮らす)

それは、何ていうか、色々危険だ。あまりにも恐ろしい提案だった。だってつまり、私は常に彼の近くに居られるということだもの。我慢、出来なくならないと良いのだけれど。それ以上に、お姉さまと大吾さんのイチャイチャを間近で見せつけられるということだ。精神は保つだろうか。ストレスで禿げてしまうかもしれない。だけど。

「虎穴に入らずんば虎子を得ず……か」

私は拳をぐっと握ると、心臓にぎゅっと押し当てた。

第2話　巣作りライオン

　という訳で、引っ越しをする事になりました。御堂大吾です。

（兎羽から獅子乃ちゃんも一緒じゃないと嫌だ、と言われた時は微妙に焦ったけど）

　嬉しかった。変な意味じゃなくてさ。俺にとって、獅子乃ちゃんは大切な人だ。出来れば、手の届く所で見守っていてあげたい。……それは傲慢な考えなのだろうか？

「それじゃ、いってきまーす！」

　兎羽を逗子に迎えに行ってから、2週間が経っていた。足を完全にやらかした俺は、今回ばかりはと入院の必要に迫られたのである。

　俺は、昨日このアパートに帰ってきたばかりだ。足はもうかなり良くなって、医者は目ん玉をひん剝いて驚いていた。昔から、回復力だけには自信があるのである。

「いってらっしゃい」

　兎羽がニコニコ笑いながら登校する。彼女は2週間前に俺を殴ると、それで納得したようだ。俺が入院している間も優しくしてくれたし、優しい人なんだな。と思う。俺が実際に彼女にそう言うと、『私は優しいとかじゃなくて、どれだけ怒ってたら良いか分からなくて、怖くなるだけ』と言っていた。俺は何故か彼女らしいなと思って、納得した。

「いってきます」

獅子乃ちゃんはいつものようにクールな表情で、彼女に続く。千子家のゴタゴタは一応ある程度落ち着いたらしく、獅子乃ちゃんも今日から登校するらしい。

（……兎羽と獅子乃ちゃんって不思議な仲だな）

昨晩、久しぶりに部屋に戻った俺と兎羽が自室でまったりしつつ寝る時間がやってくると、兎羽は逃げるように獅子乃ちゃんの部屋に向かった（事実、逃げたのだろう。俺と同衾するのがまだ怖いのだ）。昨日は2人で仲良く眠ったらしい。

（あんなコトがあっても、仲良しのままだもんな）

てっきり喧嘩にでもなるんじゃないかと、内心気が気ではなかったのだけれど……。

仲良く中華街を歩いていく白黒の頭を見ながら、ホッとした。

「ほんじゃ、俺も行くか1」

未だ少しだけ痛む足を引きずりながら、歩き始めた。

『玉ノ井不動産』があるのは関内駅のすぐ近く、末広町の方である。川沿いのボロボロのビルの1階の埃をかぶったドアを開くと、相変わらず香ばしい匂いが鼻腔を掠める。

「……何してンすか」

事務所に入ると、社長はズボンを脱いでいた。その足元に綺麗な女性が跪いていた。

「これは誤解です」

社長はどう考えても不可能な弁解をした。

「本当に違うんです。そういうのでは無くて。ただ、コーヒーをこぼしてしまったから」

「うわ。言い訳下手だこのひと」

社長の足元に跪いていた女性は立ち上がって、「それじゃまた次の機会に」と笑ってから事務所を出ていった。彼女は随分と手慣れた体だった。後には俺たちだけが残される。

「お恥ずかしいところをお見せしました」

「とりま、ズボンはいてもろて」

彼はあせあせとズボンを穿いてから、改めてソファーに腰をかける。

「ンで？　何ですか、さっきの子。新しいカノジョ？」

「いえ。寧ろその逆で」

俺は大爆笑した。社長は俺をジトーっと睨む。

「元カノかあ。うわあ。やっちゃいましたね社長。え、復縁スか？」

「……そういうのは無いです。だけどまあお察しの通り。昨晩、たまたまバーで再会して」

「あー」

要は、元カノと一晩の過ちをしちゃったんだろう。それで朝になって、帰る前に一発……。

「はぁああ……」

社長は深いため息を吐く。

「私、駄目なんです。ああいうの。誘われると、断れなくて。しかも性欲めちゃめちゃ強いので、そのまま流されて、それでトラブルばっかり繰り返してるのに……学ばなくて……はあ」

「社長。女性トラブル多いですもんねえ」

長い手足に端正な顔立ち。透き通った透明感のある声色で、性格も良いときたもんだ。この人は、兎に角化け物のようにモテるのである。その割に女性と適度な距離を取るのが苦手で、ステディな関係を維持することが出来ない。天然で女の敵だ。人のこと言えんか。

「あはは。相変わらずっすねえ」

「ていうか、大吾さん？　なんか、入院したとか聞きましたが？」

「……色々ありまして」

「そちらこそ、相変わらずじゃないですか」

蓋しその通り。俺もこの人も、いつまでも学ばないもんだ。

「それで。大吾さん。本題ですけれど――」

俺は昨晩、彼にメッセージを送っていたのだ。兎羽と獅子乃ちゃんと暮らしていくにあたって、どうしてもやらなければいけないことがあったから。

「――新しい仕事が欲しい、でしたっけ？」

万年人不足で愚痴っている社長は、嬉しそうに笑っていた。

「嫁とその家族を養う必要が出来たので、もうちょっと稼がないと、と」

「あれ？　でも聞く限り。兎羽さんって凄いお金持ちじゃありませんでした？」

「……いや。そうなんスけどね」

千子兎羽は、千子家の正統な跡継ぎである。祖父の遺産を継ぐ事は拒否したものの、そもそも父親が遺した、土地やら建物やら権利書やらが幾らでもある。

「でもなんか、俺がそれをアテにするのも違う気がして。旦那なんだし」

「……大吾さんって、ホント昭和の男的なアレ好きですよね。ジェンダーな役割なんて現代社会において、寧ろ軽蔑されるべき物な気もしますが」

行間を読んで、社長は呆れたように呟いた。悔しいが、仰る通りである。男なんだから妻と家族を養いたいとか。そんな風に思っちゃったわけですよ。古い男だなんてのも承知でね。

「それに……」

「はい」

「兎羽は未だ子供だから。俺がちゃんとしなきゃって思うんです。……もしも全部台無しになったり、彼女がもう嫌だ。ってなったとき、取り返しがつくようにしてあげたいんです」

社長は静かな視線で俺を見つめた。

「大吾さんはホント相変わらずですね」

「そっすかね」

「結局、あなたは人間不信なんですよ。だから優しさを注ぐ量がいつも過剰なんだ」

アンタに言われたくねー。と思った。

「しかし仕事かあ。確かにうちもスタッフがごっそり抜けて、人手には困っているのですけれど……大吾さんにうちの事務やら何やらをさせたくはないし」

「……微妙に失礼な事言ってませんか？」

「あ。いえ。別に。出来ないとは思ってないのですけれど。宝の持ち腐れというか。大吾さんを使うなら、もっと面白いポジションがあると思うんですよね」

出たよ、天然人たらし。褒めるのが上手いのも彼がモテる所以である。しかもそれを、こうも臆面もなく真っ直ぐに言えるんだもんな。

「あ。そうだ。だったら……逆に、ちょうど良いかも。これも何かの縁だし」

「へ？」

「さっき出ていった女性、居るでしょう。彼女が今、人を探しておりまして――」

俺は微妙に危険な匂いを感じつつも、彼の言葉に耳を傾ける。

■

　私——千子獅子乃が通う『聖パトリシア学園中等部』があるのは、金沢八景の海沿いである。千子家の女子は代々この学園に通っていて、お姉さまが居るのも聖パトリシア学園の高等部だ。多分大学もこのままエスカレーターで登って行くだろう。

（えのすいって。結構、近くにあるんだ）

　授業が終わって休み時間。私は自分のスマホに目を落としていた。えのすい。新江ノ島水族館。江ノ島と言えば鎌倉の方なので、金沢八景からも決して遠くない。寧ろ近いほうだろう。

（……きっと、何度か目に入っていたはずなのに）

　テレビとか。広告とか。神奈川の海沿いに住んでいる以上、その情報は私に入っていた筈だ。

（屋敷と学園を、車で往復するだけだったから——）

　何も知らなかったのだと思う。他人にさえ興味はなかった。やりたいことなんて一つもなかったし。だから、正直言って、最近の色々なゴタゴタは結構楽しい。

「……でさー。あーし言ってやったわけー。それオメーが悪くない？　ってー」

「あはは。正直すぎだもー」

　クラスの子たちが、私の前の席を動かして島を作って、おしゃべりをしながらお弁当を広げ始める。気づけば周りの子たち皆そんな感じで、私の席だけがポツンと孤立していた。

（まずい。うっかりしていましたわ）

何分、久しぶりなもので。学園の昼休みは早く移動しないと、こうして友情の島に囲まれて遭難してしまうのだ。私はあまり他人の目や評価が気にならない方だけれど、ひとりぼっちだと蔑まれるのはあまり良い気分ではない。たとえ身から出たサビだとしても。

「あっ……千子さん。……ご、ごめんなさい」

私が立ち上がると、さっきまで楽しげに喋っていた女子が丁度移動するところで、私とかすかに接触してしまう。それだけで彼女は困ったように眉をしかめて、私は彼女たちの楽しかった気分を台無しにしてしまって申し訳ない気持ちになる。

「失礼」

私は小さく呟くと、登校前に作ったお弁当を持って立ち去った。

向かった先は体育館裏の、もう随分と長いこと放置された花壇の前である。古ぼけたボロボロの青いベンチに座って、私はお弁当箱を開いた。

「にゃあ」

「あら。あなた、また来たのね。久しぶり」

生い茂った藪の前に、片目の潰れた小さな猫が居た。その子は私の事をジーッと見ると、その場に体を丸めて尻尾を軽く振る。彼女（それとも『彼』なのかしら。何となくお顔がメスな気がする）は時折ここに現れる顔見知りの猫で、私とは入学して以来の仲になる。

「これ、いかがかしら」

私はお弁当の中から、鮭の塩焼きを半分に切って彼女に差し出した。彼女はクンクンと匂いを嗅いでから、ゆっくりむしゃむしゃと食べ始める。

「私もあなたみたいに、強くなりたいものだわ」

この猫は、決して私になつかない。媚びるような猫なで声も出さないし、餌をねだるように身を捩らせることもない。ただ餌を貰ったら、無表情で咀嚼するだけ。

気高い野良猫。それとも無表情なあなたにも、それなりの自己嫌悪があるのかしら？

（……大吾さん。おべんと、食べてくれたかな）

お姉さまにも作ったから、ついでに。という事で彼に渡したお弁当。そのぐらいだったら、気遣いの出来る義妹。で済むと思った。お姉さまも嬉しそうにしてたから。

（会いたいな）

ああ。本当に。もっと強くなれたら、いいのになあ。

魅力的な人間になろうと思うんです。

（あの――1960年代の私には、人生の厚さを感じさせる『重み』があった）

1960年代。世界が滅ぶと知っていても、自分を変えずに働き続けた千子獅子乃。メイドさんになって、最後まで、自分の信念を突き通そうとした人。

私は彼女を見て――それとも、彼女に『なって』？――とても素敵、だと思った。学園とお屋敷を往復するだけで、何も能動的にしてこなかった自分を少し恥じた。彼女みたいな強さを手に入れるには、何かに挑戦するしかない、と思った次第である。

「……ごくり」

私は今、人生で初めて――制服のままで商店街をぶらついていた。

所謂、買い食い、というやつである。

（ああ。私、不良になってしまいました）

天国のお母様、お父様、ごめんなさい。生徒手帳にも買い食いは禁止と書かれているのに。

路上で何かを食べるだなんて、大吾さんに頂いたケバブが初めてでした。その次に買い食いしたのは、彼に中華街でお菓子をご馳走になったとき。

全部、彼に貰ったものばかり。駄目だわ。偶には自分ひとりでやってみないと。

「（キョロキョロ）」

初ソロ買い食いの舞台に私が選んだのは、横浜の元町商店街である。つまり、中華街のすぐとなりである。前に少し歩いたとき、このあたりは閑静で瀟洒な街なので、ちょっと落ち着いてて良いな。と思ったのだ。ここなら私一人で歩いていても浮かないし。

「ツヨキパン。ここかしら」

ツヨキパン、というのはもう100年も前から続く元町の古いパン屋さん。ネットで調べたらすごく有名とのことで、ちょっと興味が湧いたのでした。

私は緊張を、深呼吸で誤魔化してから――

「いざ」

店へと入ろうとするその瞬間に、視界の端をチラリとフリルが掠めたのでした。

「近日、メイド喫茶『ブラックベリー』開店でーす♡」

え、この瀟洒な街、元町にそんないかがわしい物が？

「あら？」

「へっ」

そこに居たのは（信じたくはないことでしたが）私の育ての母。フェイワン・レイエス・フローレス。フィリピン生まれの褐色の彼女は、大きな看板を肩に背負って居たのです。

（無理）

育ての母がメイド喫茶で働き始めたと知ったとき、人はそんな風に思うのでした。

「フェイさん。すいません、だからメイド喫茶じゃ――」

一瞬、乾いた土に染み込むように声が聞こえて、私は思わずビクンと跳ねる。だってそれは、たった1日離れていただけなのに私が求めて仕方がないものだったから。

「……大吾……さん？」

「げっ」

いや。何だ。『げっ』てなんだ。酷くないか。そう思って普通に傷ついた私は、けれどすぐにその理由に気が付きます。彼のいつもとは全然違う容姿。全く不自然な服装。

(燕尾服。胸ポケットから覗く白いハンケチ。ポマードで固められた髪)

つまり彼は、執事の格好をしていたのです。メイドさんと、執事さん。なるほど。

(いいじゃん)

姉の旦那が執事喫茶で働き出したと聞いたとき、人はそんな風に思うのでした。

■

店に入った私を見て、大吾クンは顔を真っ赤にしておりました。

「と、兎羽。何で来たんだ。いや、これは違うんだ」

「あはははははは」

「なに笑てんねん」

私の旦那、執事姿似合わなすぎて草である。

「お姉さま、こっち」

未だ開店準備中の店内で、氷のように佇む真っ白の女の子がいました。要はうちの妹、しぃしぃである。大吾クンが面白い事になっていると、彼女に呼び出されたのだ。

「で、これは一体どういう事なの。フェイちゃん」

私は母親代わりのメイドさんを、ジトーっと見つめた。

「ほら。獅子乃さまも兎羽さまもお屋敷を出てしまわれたでしょ？　だから私も一度お暇をいただこうと思いまして。せっかくだし、お二人の近くでお仕事でも探そうかなって」

なるほど。それでこのメイド喫茶で働き始めようとしたわけだ。そこまではわかった。あのお屋敷は今、メイドさんたちだけで住んでたはずだし。要は暇だったんだろう。

「それでうちの旦那は何でメイド喫茶で働いてんの」

「……いやそもそもここ、メイド喫茶じゃねーから」

大吾くんが、ため息を吐いたように呟いた。

「あのねフェイさん。ここはあくまで、ブリティッシュな空間をモチーフにした本格派のオシャレ喫茶店ってコンセプトなんですよ。アキバじゃないんすよ。ブリテン。わかります？」

「ごめんなさあい」

フェイちゃんは全然申し訳なくなさそうに笑った。大吾クンは改めて私を見る。

「新しい仕事探してたら、社長から紹介してもらったんだ。雇われ店長として頼んでた人が、オープン前日でパクら……居なくなっちゃって。一時しのぎの人探してたんだって」

「はえー」

大吾クン、仕事探してたんだ？　個人的にはそこから謎である。アパートの管理人という仕事は暇そうで（偏見）、私を構う時間がたっぷり取れていいじゃんと――絶対本人には言えないけれど――思っていたのだけれど。新しい仕事を始めるなら、残念。でも応援しなきゃ。

「フェイちゃん、いまどこ住んでるの？」

「近くのビジネスホテルですわ♡」

そうなんだ。言ってくれればよかったのに。

「あの、すいませーん」

「はーい」

大吾くんは、業者さんに呼び出されて入り口の方へと向かって行った。しかし彼は燕尾服が本当に似合ってない。彼はどっちかっていうとガテン系の人だからな。もっと似合う服があると思う。ああいうスマート系じゃなくて。作業着とかさ。絶対似合う。

「……（ぼーっ）」

とか思ってると、しぃしぃが口を半開きにして呆然としていた。

「しぃしぃ？」

「ぴにゃ」

彼女は我に返って、口元に垂れていた唾液をハンケチで拭き取った。

「なに？　お姉さま」

「どーかしたの？」

「……べつに」

彼女は少しだけ頬を赤くして、視線をそらす。一体、何を見てたんだろう？

——ぽちゃん。と水面が跳ねる音がした。頬に微かに水飛沫がかかる。

「え？」

視線を向ける。

『……——』

少女が居た。あれはきっと、人魚だ。だって両足が無いもの。サンゴ礁みたいにきれいなウロコで覆われているもの。その人魚は空を舞っていた。頭につけているのは、ナースキャップ？

「……兎羽？」

「ふにゃ」

彼の声で我に返った。私の隣に座っている、私の夫。御堂大吾クン。実は未だ、『旦那』という単語は何だか恥ずかしくて、心のなかでも使いづらい。

「どうしたんだ、兎羽。ぼーっとして」

私たちが座っていたのは、中華街公園のベンチだった。観光客の往来を横目に、私たちは缶コーヒーを握っていた。もう11月も終わりだ。流石に冷えるが、そこは別に問題ではない。

喫茶店の準備が一段落して、大吾くんが休憩するというので私も一緒に付いてきていた。しぃしぃは、フェイちゃんと一緒にパン屋さんかどこかに行ったらしい。

「ごめん。今……」

「うん」

ナース服の人魚が、空を飛んでたよね？

（そんなの、言えるわきゃあ無い！）

明らかに頭がおかしい人である。たとえ事実だとしても、それは流石に憚られた。『ナース服の人魚』。私が偶に見る幻覚。いつも何かを私に伝えようとしている。

「あ、もしかして寒い？　ほら……」

「あっ」

彼が、着ていたコートを私の体にかけてくれる。彼の体温と残り香が私を包む。

（ベタなヤツだ……！）

あの、少女漫画とかでよくヒーローがやってくれるやつ。そんなのに乙女のように憧れた事なんて一度も無い。何なら、ロマンチックぶって寒いなとさえ思っていたけど。

(聞くとやるとじゃ大違いジャン……)

やばい。私今、顔が熱い。頰が赤くなってるかもしれない。こんな、コートかけられただけで照れる女だと思われたくなかった。だけど彼の体温と匂いがあんまりリアルで。

「それで、兎羽」

「ひゃいっ」

「あ、ごめん。暑かったか」

緊張とドキドキで汗だくになってる私を見て、大吾クンはコートを引き取ろうとした。私は思わず、彼の指を嚙む。

「ぎゃあっ。何で嚙むんだよ⁉」

「ご、ごめん。つい反射的に」

「……実はカミツキガメか何かなのか？」

異類婚姻譚じゃないから。実は昔に助けて貰った亀が恩返しに来たとかじゃないから。

「ほんとにごめんね。痛かった？」

「いや。むしろ兎羽の口の中、ぬるっとしてて、少し興奮――」

私は彼を嚙んだ。

「ぎゃあ！　やめろ畜生！」

「がぶがぶがぶ」

私は知性なき四ツ足のように彼を食んで、満足したので放す。

……私の噛み跡が彼の手にくっきりついていて、微妙に興奮したとさ（ちゃんちゃん）。

「今日、社長のトコで物件も少し見てきたんだ」

「あ、そうだったんだ。いいとこあった？」

「うーん。とりあえず聞かないといけないことがあって」

大吾クンは私を見つめる。

「……部屋は、2つで大丈夫なんだよな？」

私は少し視線を逸らしてから。

「それは大吾クンと、千子姉妹の部屋って事？」

「獅子乃ちゃんと、俺たち夫婦の部屋ってコト」

呆れられるかと思ったけど、予想に反して、彼は笑っていた（それはそれでキュンとした）。

「兎羽、俺と寝るのは嫌？」

ストレートに聞かれて、心臓がきゅうっとなる。

「……イヤじゃないよ。……ムリなだけで」

「そりゃそうだよな。俺はお前を裏切ったばっかりだし――」

「ち、違っ。そうじゃなくてえ！」

それは、もう私の中では終わったことだもの。もう何百億年前も昔の話だよそんなの。

「だったら何で、昨日は寝る前に獅子乃ちゃんの部屋に逃げたわけ」

「うっ……」

「俺、けっこー長い間兎羽のこと、待ってたんだけどなあ。久しぶりに帰ってきた部屋で、兎羽と一緒に休むの、割りかし楽しみにしてたんだけどなあ」

「……うっ」

「前にも言ったじゃん。兎羽の準備が出来るまで、そういうコトしないって」

そう。知ってる。この人は紳士だから。優しすぎて、その優しさで、自分を雁字搦めにしてしまう人だから、無理やりされるのが怖いから遠ざけてるとかそういう事は絶対に無い。

「わたしね」

「うん」

「大吾クンが思ってる以上に、ずっと前からキミのこと好きだったの」

「へっ」

だから——

「……何だろ。そりゃ、旦那だ、彼氏だって気持ちはありつつも、感情としては『推し』って気持ちが結構あるわけ。うん。大吾クンは私の推しなんだよ。全然武道館とか目指すなら応援するし。まあとにかくね。とにかく。私は、クソデカ感情を抱えてるわけで」

一言で終わらせるなら、つまりこういうこと。大吾クンは、私がどれだけあなたの事を好きか、たぶんちゃんと理解してないんだ。あなたを見るだけでどれだけ心臓が跳ねるのか。あなたの体温を感じるだけで、どれだけ私の体が熱くなるのか。知らないでしょ？

「オタクがよく言う、『ムリ……』って言うじゃん？　アレです」

「はあ。全然分からん」

「つ、つまりね。現実感が無いの。私は未だにキミが私の旦那様。っていう実感が無いわけ。アニメの好きなキャラが急に隣に現れて、今日から伴侶ですって言われても困るでしょ」

「……そりゃ確かに困るけど」

私の頭の中はぐちゃぐちゃになっていた。何分、自分語りが何よりも苦手な性分である。誰かに自分の想いを伝えるとか、むりむりのムリすぎる。げーしちゃいそうだ。

「何となくわかってきた。あんまり知らない人と、一足とびで結婚しちゃったせいで、体がびっくりしてるって感じなのかな」

「まあそう。だいたいそう」

「兎羽、恋愛経験ゼロだしな」

「は？　なんだ。泣かすぞ」

このバツイチ、お前に元嫁が居たことがこの恋愛童貞の私にどんだけ負担になってるか全然気づいてないだろ。こちとらスライムに張り倒されるレベル0の初心者だけど、プライドだけなら魔王級だぞ。まじなめんな。

「それじゃあ兎羽。一つ一つ、クエストをクリアしていこうぜ」

「つまり、愛のクエストってこと？」

その言い方は微妙に恥ずかしかったようで、彼は少し照れていた（かわいい）。

「ゆっくり一つずつやろう。レベル1――キス。レベル2――同衾。レベル3――」

「……お互いの肉を食べる？」

「お前は愛を何だと思ってるんだ」

いや、下らないジョークです。ふざけてないとやってられなかっただけ。

「――子作りです」

「……………………………………………………………………………………」

…………………………………………………………………………………………

私の自我は消失した。今ここに筆記しているのは深層の自我。根底に居る私です。ハロー世界。ご機嫌いかが？　千子兎羽は余りの彼の爆弾発言に思考を放棄するぐらいに衝撃を受け、顔を真っ赤に――生食よりも加工向きのりんご『紅玉』のように――して、彫刻のように――更に言うなら運慶の造った国宝『木造阿弥陀如来坐像』のように――固まった。

「兎羽？　兎羽サン？　おーい。兎羽～」

「…………………………………………………………………………………………」

自我は消失したが、外界からの刺激を勤勉な受容体たちが捕捉していた。千子兎羽の旦那は、ひらひらと手を顔面の前で振っている。そういうトコ、子供っぽくて可愛いと思う。じゃなくて。この人と、子作り？　へ？　子作りって、アレ？　ナニをナニしてナニするやつ？

「ふにゃっ」

私は自我を取り戻した。

「なななななにゆってんのこの唐変木！」

「何で罵倒が落語風なの」

彼は生真面目な顔で呟く。子作り。考えてみれば当たり前の話だ。私たちは夫婦なのだから。『夫婦の営み』という慣用句があるが、アレは性行為を指す隠語である。夫婦というのは、すべからく性行為を行うものなのだ。どれだけお母さんとＰＴＡが隠したがったとしてもね。

「実際、家族計画は重要だろ。何人、いつまでに子供を産みたいとかさ。それによって、俺たちの経済状況とかの指標を打ち立てる必要があるんだし」

「にゃんにんっ⁉」

「……俺は、３人ぐらい欲しいんだけど」

「トリオで⁉」

「漫才みたいに言うのやめてくんない」

私は、あわあわした。

「そ、そおなの。3人。へ、へー。なるほどね。うん。えーとじゃああれだ。子供の前に猫ちゃん飼おう猫ちゃん。長毛の種類が良いな。知ってる？　ラグドールって。めっちゃなつくらしいよ。あのね、元々はペルシャ猫から派生されたって説があるんだけどお——」

「はい、話変えようとしないよー」

「ぐう」

完全に読まれていた。

「俺が欲しいのは、兎羽と俺の子供だよ」

彼が真剣な目で私を見つめた。すごく真摯で、本気の目をしていた。

(この人は、本気で私の赤ちゃんほしいんだ)

それが、わかってしまう。わかってしまうから。なにもわからなくなって。私は頭ン中が沸騰したみたいな気持ちでクラクラとしてしまう。酸欠で、肺が必死に酸素を求める。鯉のように口をパクパクと開いて、我ながら無様である。

「……わだっ」

——嬉しかった。でもそれは、爆弾みたいな嬉しさだった。死ぬほど嬉しいんだけど、その衝撃は私の発泡スチロールな耐久力を簡単に粉微塵にしてしまうのだ。

私がアワアワしていると、彼は小さく笑った。

「ごめん。大丈夫。わかってるよ」

「え？」

「急がなくて良いって言ったしさ。まだ兎羽は学生だし。家族計画を立てるには早いよな」

彼が私の手を握って、はーっと息をかけて暖めてくれた。

「ただ伝えたかっただけだから。ごめんね。ゆっくり話し合っていこう」

申し訳無さそうに笑う彼を見て、私は思うのだ。

（何で私たち、人間なんだろう）

知性。理性。全ての問題はそれだった。私と彼がただの犬畜生だったら、全てがスムーズに始まっていたはずだ。私はただすごくシンプルに、彼の物になっていた筈だ。

私たちは人間だから、こんなに複雑怪奇なのだ。

「…………うん」

私は、子供みたいに呟いた。いや、きっと、事実、子供なんだろう。それがすごく恥ずかしくて、みっともなくて、嫌だった。彼が随分と大人に見えて泣きたくなった。

（私のばか。そこは『好きだよ』って言え。せめてそれだけでも、言え）

好きだよ。大好きだよ。大吾クン。誰よりも好きだよ。いちばん好きだよ。キスだってしたいし、一緒のベッドで眠りたいし、それに。

（私だって。キミの赤ちゃんが——）

それ以上は恥ずかしくて、単語を並べるコトさえ『ムリ』だった。

■

「はいコレ。資料、持ってきたのだわ」

次の日。俺の部屋で玉ノ井社長の妹・ゆいちゃんはランドセルから紙の束を取り出した。

「こっちがオススメの物件。少し値は張るけど、リノベーションしたばっかりで綺麗なの。こっちは予算通りだけど、築年数がかなりいってる。あとキッチンが一口コンロだわ」

「……これが小学生にさせるおつかいかよ」

あの社長、自分の妹を便利に使い過ぎである。ゆいちゃんのことだから、自分から仕事の手伝いをしているのだろう。とも思うのだけれど。

「はい、どうぞ。お茶です」

獅子乃ちゃんがお茶を4つ卓袱台の上に乗せる。

「あら、おいしい。ほろ苦くて、少し黒糖っぽい。これはどこのお茶かしら」

「サバラガムワです」

「ああ、スリランカの。ルフナっぽいなって思ったの。私、セイロンティーの中では一番好きだわ。特に、ミルクティーにするならルフナしか使わないぐらい」

「私これ、初めて買ったんです。チャイにしても美味しいかも」

お嬢様方がお上品な紅茶トークをしていらした。俺みたいな野暮な庶民にはわからない世界の話である。

兎羽もお嬢様の筈だが普通にキョトンとしていた。かわいい。

「あ、ねえねえ大吾クン。この部屋とか良くない？」

兎羽が1枚の物件情報を嬉しそうに俺に見せる。

「どれどれ？　ふむ。……少し狭くない？」

「でも、ロフトが付いてるんだよ！」

兎羽はお目々をキラキラとさせていた。広いお屋敷に住んでいたお嬢なので、そういう秘密基地的な要素に弱いのかもしれない。可愛かったので頭を撫でる。

「や、やめろお」

すぐに手を払われた。人前で恥ずかしい事をするのが兎角苦手な人なのだ。けれど手をはねのけられた俺がしょんぼりしていると思ったのか、こっそりと卓袱台の下で手だけ握ってくれていた。何だこの嫁。ほんと可愛いや。

――引っ越し。それが俺たちが新たに直面している問題だった。

(俺と兎羽と獅子乃ちゃんの、新生活)

どの地区に住むのか。どういう間取りにするのか。考えるべき事は山積みだ。

「私は反対なのだけれど、兄がオススメしている物件があって」

「社長が？」

「……見たい？」

「見たい」

ゆいちゃんはため息交じりでランドセルの中から資料を取り出して——私は反対だけど——ともう一度念押ししてから俺に渡す。

「2LDK。場所は元町で、家賃は5万5千円⁉　なんだこりゃ⁉」

余りに安い。元町と言えば高級住宅街。中華街の隣町なので引っ越しも楽だし、通勤だってありがたい。どう考えたっておかしいが、気にならないと言えば嘘になる。

「……一応、内見も出来るのだけれど？」

ゆいちゃんは鍵をヒラヒラと俺に見せる。ありがたいし嬉しいけれど、小学生にそこまでやらせんなよ。と逆に社長が心配になった。うん、するよね。

物件は元町の小高い丘にある。駐車場のフェンス越しに横浜の海が見渡せた。晴れやかな青空の下の海は笑ってしまうほど綺麗だ。元町の住宅街は中華街や関内の雑多な雰囲気とは随分違う。歩いて行ける距離なのに、まるで別の国みたいのようだ。

「凄いな」

アパート、と言うよりは古びた洋館と呼んだ方が適切な気がした。

「昔は、寄宿学校だったんですって。この辺、インターナショナルスクールが多いでしょ」

元町は歴史的に外国人街の側面を持つ。——ペリー提督が黒船で日本にやって来た時の話だ。19世紀、日本で亡くなった船乗りを埋葬するために、外国人墓地をこの辺りに造ったそうだ。その時から、元町は外国の人たちが住みやすい街になっていったらしい。

「おじゃましまーす」

洋館の中に入ると、チラチラと微かな白が舞う。すごい埃だ。後ろで、獅子乃ちゃんがケホケホと咳をしている。ゆいちゃんは靴を履いたままで良いから、と呟いて家に上がる。

「ごめんなさいね。随分長いこと、手を入れていないから」

「手を入れてない？　じゃあ、一般には公開してないんだ」

「そうね。もう3年ぐらい誰にも貸してないらしいわ」

ゆいちゃんは何でも無さそうに言うけれど、その説明には少し違和感が残った。

「おぉ、リビング良いジャン」

兎羽がウキウキで部屋に入る。木造建築で歩くたびにギィギィと足音が響いた。漆喰の壁はザラザラとしていて触り心地が良い。家具が何も無いせいか、妙に広い。

「コンロが三つも」

最近お料理が流行りだと言う獅子乃ちゃんは、キッチンを見て満足げに頷いた。確かに部屋の間取りはかなり良い。築年数はいってる筈だが、リノベされているのかやけに綺麗だ。

「それにここ、小さいけど地下室もあるのよ」

「地下室！」

秘密基地に憧れのある兎羽は、ゆいちゃんに連れられて部屋を出ていった。俺はリビングの窓に近づいて、外を眺める。だが窓の表面は埃が張り付いていて外は余り見えない。窓を開くと、清浄な空気がなだれ込んだ。

「……風、気持ちいいですね」

視界の端を、真っ白な雪のような髪が掠めた。

獅子乃ちゃんはいつもの静かな表情で、窓のサッシに腰をかけた。

「大吾さん、大丈夫なんですか」

「だ、大丈夫だよ。俺は獅子乃ちゃんの兄だ。一緒に住んでも問題ない」

獅子乃ちゃんはキョトンとする。

「……そうじゃなくて。こんな広い部屋が5万円台とかありえないって話ですわ。私だって、引っ越しって聞いてスマホで色々物件とか見たから相場、知ってるもの」

そっちの話か。確かに元町で2LDKの物件なんて探したら、家賃は20万前後にも登るだろう。あまりにも破格の条件なのは確かだ。獅子乃ちゃんはくすくすと笑う。

「そっちは心配していません。私も、２人のお邪魔にならないかしらって思ったけど――」

「邪魔なわけない！」

彼女は一瞬だけ俺の目を見てから、すぐに視線を逸らした。

「邪魔なわけ無いだろ。家族なんだから」

獅子乃ちゃんは静かな表情で、窓の外を見た。

「分かってます。大吾さんは私のこと、好きですもんね」

「え――」

「――家族として。ね？」

宝石のような瞳で、俺を見つめる。その表情が何を意味しているのか、俺には分からなかった。この子は自分の感情を隠すのが、特殊部隊並みに上手いから。

「そ、そうだよ。家族として。……もう獅子乃ちゃんを変な目で見てないから」

「もう？」

「違……っ。前世の時って事！　今は、妹なんだから。そういう気持ちは……無いから」

「そうね。それに私、子供だものね。子供にそんな気持ち抱いたら、変ですよね」

「……もちろん」

もちろん――そんなわけない。

「大吾さん、あれからあの夢、見てないんですか？」

「見てないよ。君も？」

1960年代の夢。あの世界で、俺は死んだ。だから続きは無いのだと思っていた。だけど獅子乃ちゃんもそうなのか。

（……獅子乃さんは、あれからどうなったんだろう）

銀河鉄道に1人残された彼女は、その後どうしたんだろうか。1人で生き続けたんだろうか。

少なくとも、自死を選べるような強い人では無いような気がした。だから俺は近くに居たいと思ったんだから。今でも彼女を想うと、酷く胸が締め付けられた。

「もしも、あれが私たちの前世なら。この宇宙は輪廻転生しているのかしら」

「シーハンは、平行世界だろうってたよ」

「別の次元ですか。次元は無限にありますからね。全ての可能性がありえるんだもの」

何の話か分からなくて首を傾げる。彼女は続けた。

「この宇宙には無限の次元があるんです。無限であるという事は、『無いものが無い』ということ。全ての可能性を内包している、ということなんです。例えば私の髪が黒い世界だったり、大吾さんが女の子だったりする世界も確実に存在するんです」

「そ、そんな無茶苦茶な」

「『無限』ですから。実感としてはありえないと思ってもね」

だから多元宇宙論を語る時、全ての奇跡は平凡な物になる。と彼女は続けた。

「1960年代で、人間は殆ど機械になっていて、地球が滅ぶ次元だって当然あります。だって、宇宙は無限に存在するんだもの。在るに決まっているんです」

「……決まってるんだ」

「はい。確定しています。これはオカルトとかSFではなく科学の話です」

だって、と彼女は空を見た。

「──私たちの物語を貴方が聞く時、世界はぽこんと生まれるんだもの」

呟いてから獅子乃ちゃんは目を丸くした。彼女は自分の口元を押さえて、自分の舌から溢れた言葉を咀嚼する。まるで、自分の語った言葉が信じられないみたいに。

「ど、どうしたの」

「……いえ」

彼女は、未だ少し動揺したまま。

「何だか、妙に舌に馴染みが良くて」

「え？」

「私この話、前にも誰かにしたような……いや。何度も話していたような……」

獅子乃ちゃんは眉根を寄せて考える。デジャブみたいなものだろうか？

「……あ。そう言えば」

俺は思い出す。余り意味の無いことかも知れないのだけれど、一応彼女に話しておこう。

「『マヌの船』ってあったじゃん。でっかい青い船」

「あぁ。シャシンが乗っていた船ですね」

『マヌの船』。それは1960年の横浜で、青色隕石が地球に降り注ぎそうになった時に、突如として現れた方舟だ。シャシンという鮮やかな髑髏の仮面を被った少女が操っていた。

「あれって、次元を超える船……みたいな事誰か言ってなかったっけ」

獅子乃ちゃんは目を見開いて俺を見る。

「……いえ。知りません。大吾さまはどこでそれを？」

彼女は俺を大吾『さま』と呼んだ。気がついていないのだろうか。

「いや、俺もあんまり覚えてないんだけどさ」

覚えていない、というよりは、分からなかった。俺は確か1960年代の世界でマヌの船を見た時、『巨大な隕石の重力を利用して、次元に無理やり穴をこじ開けている』と感じた。だけど今になると、何故俺がそう思ったのか分からない。

「ふむ」

彼女は少し考えてから続ける。

「ま、考えても意味がないことですわ」

「えっ」

「だってもう終わった事だもの。前世がどうとか、関係無いじゃないですか。私はあなたの妹になって、あなたは私の兄になった。お姉さまと3人で幸せに暮らしましたとさ。めでたしめでたし。これで、全部おしまい。そうでしょ？」

知的好奇心は結構ですけれどね、と彼女は笑う。本当に大人びた女の子だ。本当に中学3年生なんだろうか。俺よりずっと物知りだし。そりゃ、ゆいちゃんと気が合うわけだ。

「そんな事より、今はこの家賃の謎を解く方が先ですわ」

「……解くんだ、謎」

「だって、得体の分からない家なんかに住めないんだもの」

「俺は結構、見て見ぬフリをするタイプ」

「ほんとう。あなた、そういうところありますよね」

なんて、長年の付き合いがあるみたいに彼女は言って、ハっとして口を噤んだ。だけどすぐに取り繕うように曖昧に笑うと、お転婆に、座っていた窓のサッシから下りる。

「あ、獅子乃ちゃん。埃ついてる」

随分掃除されていないこの家は埃が溜まっている。窓のサッシだってそれは例外では無かった。獅子乃ちゃんのスカートに真っ白な埃で線のような跡が付いてしまう。

「え。どこどこ。どこですか」

彼女はパンパンとスカートを叩く。

「えっとね。もっと下の方」

「結構付いてます？」

「あー。かなり」

「大吾さん、はたいて下さる？」

「え？」

「お尻。こっちからじゃ見えなくて。埃、取って下さいますか？」

彼女は俺に背中を向けた。

「……」

いや、え。なに。その細い背中は何だ。スカート、はたいて。って。手で？　俺の手で？　獅子乃ちゃんの、ちっちゃなお尻を叩く？　俺が？　直接？　触って？　それは。

(犯罪ではないだろうか)

思わず、獅子乃ちゃんのお尻を注視してしまう。折れてしまいそうな程細い腰の下で小ぶりで形の良いお尻が微かにスカートを揺らしていた。思わず視線が吸い込まれる。

「大吾さん？」

「ぎゃっ」

彼女が振り向いて俺の目を見た瞬間、我ながら変な声が出た。腹切りたい。今すぐ。

獅子乃ちゃんはキョトンとしてから、ジトっとした視線で俺を睨んだ。

「子供だから、意識しないんじゃなかったんですか」

「……うぐう」

顔が熱い。これは流石に不覚過ぎる。みっともないったらありゃしない。

「気持ち悪いので、変に意識しないで下さい」

ガチめに猛省した。

「どうしたの、大吾ちゃん」

俺は熱くなった頬を冷ますために、外に出ていた。自販機で缶コーヒーでも飲んでいると、いつのまにか背後にゆいちゃんが立っていた。俺を探しに来たんだろうか？

「なんかさっき獅子乃ちゃんが、すごい顔で洗面所に駆け込んでたけど」

「すごい顔？　……ああ、軽蔑かな」

「いや、リンゴみたいに真っ赤な乙女の……まあいいわ」

ゆいちゃんは赤いランドセルを揺らして笑う。

「それで、この物件はどうかしら」

「聞きたい事はまず1つ。何でこんな安いの」

「心理的瑕疵物件——いわゆる事故物件だから」

だろうな。分かってたよ。そんな気がしてたよ！　こんな良い家が、何の理由も無く安いわけ無いもんな！　絶対なんかあるとは思ってたんだよ！

「てか、またそういう展開かよ⁉」

前回社長に頼まれた仕事も、なんかスピってた（※スピリチュアルだったの意）気がするんすけど。確かあの時もカルト宗教オチだったよね。

「まあ正確に言うと、事故物件では無いのだけれどね」

「……と言うと？」

「心理的瑕疵物件ってね。要は、前の住民が自殺したとか。変死したとか。或いは普通の自然死でも、とにかく住人が死んだら瑕疵物件になって、告知の義務が必要になるの」

「聞いたことあるな。一度別の人が住んだら、次の住居者には言わなくて良いとか何とか」

「それは都市伝説。一度誰か住んだら、とかそういう基準は無いわ」

彼女曰く、心理的瑕疵物件の告知の義務に期間などの明確な基準は無いようだ。隣の部屋で殺人事件が起きた、なんかは告知しない不動産業者も多いらしい。

「そもそも、この物件では――変死なんて、無いのだわ」

「……誰も死んでない？　事故物件なのに？」

「ええ。少なくともこの100年ぐらいはね」

「100年って。記録でもあるのか？」

「言ったでしょ。ここって元々、寄宿学校なのだわ」

そう言えばこの家は、インターナショナルスクールに通う子供たちが住んでたんだっけ。

「普通のアパートとかなら老衰や孤独死の一つぐらいあるわ。当たり前。だって人は必ず死ぬんだもの。ある意味、事故物件じゃあ無い土地なんて、根本的には殆どありえないのよ」

「まあ、そりゃそうか」

「でもここは寄宿学校。住んでいたのは子供たち。病気になっても病院か自宅で死ぬわ。この家では事故死の記録も無いから1910年〜1960年の間に死者は無い。知ってる？　横浜大空襲ってあったでしょ？　この辺は外国人街だったから狙われず、被害も少なかったの」

この家が一般の住宅になったのは、60年代以降の話なのよ。と彼女は呟く。

「さて、問題はここから。70年代になってから。所謂、第一次オカルトブームの時代ね」

「ああ。70年代は心霊系とかスピリチュアル系が大流行したんだよな？　確か、ノストラダムスの予言とか、口裂け女だとかも70年代に流行ったんだっけ」

『怪奇・口寄せ館の狂気に迫る』

ゆいちゃんは頷いて、スマホの画面を俺に見せた。

『ほんとうに聞こえた？　不気味に語りかけてくる声をテープが捉えた！』

『自殺した霊の怨念だと霊能力者・竹下光河は語る』

そこに映っていたのは、70年代の雑誌や、テレビ画面の切り抜きだった。オカルトマニアの人間が集めているらしい。画面をスクロールすると、今俺たちの居る物件の写真が見える。

「口寄せ館？」

「幽霊が出るのよ、この物件は。人なんてこの100年も死んでないくせに」

子供なら怖がったり楽しんだりしそうな話に、ゆいちゃんは赤いランドセルを揺らしながら、さも退屈で下らない事に辟易するかのような視線を向けた。

「今でもオカルトマニアが見に来るのよ。迷惑ったらないのだわ」

「なるほどね。70年代のオカルトブームに乗っかって、変な噂を立てられたって訳だ」

それで、事故なんて起きていないのに事故物件。か。他人からの視線。好奇の目。尾鰭が付き続ける噂話。真実か否かにかかわらず、それは住人にとっての迷惑でしか無い。

けれどゆいちゃんは首を振る。

「噂、だけではないの」

「え？」

「出るのよ。本当に、幽霊が」

忌々しそうに彼女は吐き捨てた。

「声。『声』が聞こえるんですって。誰も居ない家の筈なのに、誰かの声がするの。家族以外の、他人の声がね。全く例外は無く、全ての人がその声を聞いているの」

俺は思わず、その家を見た。さっきまでは瀟洒な元町に似合う古びた洋館だと思っていたが、今は違う。どこか底の暗い、不気味な怖気を微かに覚えた。

「この家に1年以上住み続けた人は居ないみたいね。だから勿論誰も死んでない。最長で3ヶ月。最短で12時間。すぐ引っ越ししてしまうものだから、私たちも持て余しているってわけ」

それで、この破格の家賃ってわけか。3ヶ月で皆引っ越しちゃうんじゃ仕方がない。

「愚兄曰く、『大吾さんならきっと何とかしてくれるはず』とのことよ」

仙道さんかよ。え逆に聞きたいんだけど何であの人の中で俺の評価そんな高いの。謎だよ。

「ちなみに大吾ちゃん的にはどうなの？　心霊物件」

「……まあ、正直に言うと――」

少しだけ考えてから。

「別にいんじゃね。声がするってことは、そいつも誰かに伝えたい事があるって事だろ。それなら、何とかしてやりたいって思うけどね。これも何かの縁だしさ」

ゆいちゃんは目をまん丸にした。

「ばか。ばかだわこの人。何で幽霊側に肩入れしてるの。そういう話してないから」

「だ、だって60年も誰かに喋りかけてんだろ!?　ふ、不憫じゃん」

「くく……ふふふ」

そんな子供にも笑われる程変なことだったか。なんだよ。ちぇっ。

「あなたってお人好し過ぎるわ。それに、何だかズレてる。まあそこが好きなのだけれど」

「へえへえ。そりゃよおござんした」

「いいこいいこ。おばかなわんこのままでいてね」

ゆいちゃんは傾国の美女のような笑みで俺の頭を撫でる。何で俺、子供に愛でられているんだろ。まあ彼女は俺よりずっと精神年齢的には高い気はするんだけど。

悔しいので、頭を激しく撫でてクシャクシャにしてやった。彼女はきゃーと可愛らしく叫ぶ。


正直、良い物件だと思う。とは言え幽霊がどうだとかの問題もあるし、俺だけで決める所でも無い。兎羽と獅子乃ちゃんに相談してみた。

「そんな非科学的な存在はありえません」

「面白そう！」

との返事が帰ってきた。どっちがどっちの台詞かは語るまでも無いだろう。

「地下室、広くて良かったよ。ちょっと見ておいでよ」

兎羽にそう言われたので、俺は短い階段を下りていた。地下室は更に埃が凄いとの事で、獅子乃ちゃんは汚れるのを嫌がって付いてこなかった。

「おお。こりゃ確かに、良いかも」

ガランとした、コンクリート造りの地下室だった。物置なんかにはピッタリだろう。

（……そう言えば、俺の家にもこんな部屋があったな）

そんな事をふと思い出して、違和感を覚える。いや、そんな事は無い。俺がガキの頃に暮らしていたのはマンションだ。地下室なんてあるわけがない。ではこの郷愁は何かと考えて――

「1960年世界の、俺の実家か」

地球が蒼い隕石に毀されたあの世界では、俺の実家は横浜にある古びた一軒家だった。

（確かばあちゃんのアバターが人体保存液に浸されて、地下室にずらーっと並んでたんだよな。ガキの頃は、怖くて1人じゃ入れなかったっけ）

ばあちゃんはしょっちゅう別のアバターを着ていた。しなやかなネコの体だったり、頭だけが汽車になっている蜘蛛の肉体だったり、お洒落が好きな人だった。……当時の感覚ではね？

（懐かしい。でも、もう終わったことだ）

獅子乃ちゃんもそう言っていた。色々あって世界は滅んだけど、俺と兎羽と獅子乃ちゃんは幸せに暮らして、めでたしめでたし。これからの俺に出来るのは、その『めでたし』を必死に守り続ける事だろう。それがどんなに大変なことかは、よく分かっていた。

「頑張らないとな」

家族が2人も出来たんだ。彼女たちを幸せにするために――

『がんばってね』

「え？」

振り向く。がらんどうの、コンクリート造りの地下室。

光は少ない。入り口から漏れる太陽光だけが唯一の標だった。

「誰か居るのか？」

尋ねるが返事は無い。ゆいちゃんの話を思い出す。『声』が聞こえるのだと。例外なく、まるで子供たちが話す怪談話のように、誰かの言葉が聞こえるのだと。

「気のせい、なのか」

本能がそうではないと語っていた。気の所為なんかじゃない。声がした。誰かの声だ。俺に何かを語りかけていた。俺は必死に暗闇の中で耳を澄ます。——その必要はなかった。

「なんだよ。これ」

耳を澄ます必要なんて無かった。目を凝らすだけで良かった。暗闇の中に、がらんどうの中心に、真っ白の何かが生えていた。白い。珊瑚や菌糸のように細い何かが伸びる。

「……——手」

床から、美しい右手が生えていた。

「……」

声は無い。音は無い。

(この手を、俺は、見たことがある)

息が過呼吸気味になるのを覚えた。心臓が熱い。目の奥がチカチカとする。この感情は何だ？　質感だけなら慟哭に近い。だがそれがなぜかは分からなかった。

『やっと会えたね』

白い手のひらを俺が握ると、誰かが耳元で囁いた。

――不意に、ごうんと鐘の鳴る音がした気がした。それは気の所為に決まっていたが、あまりに実感を伴った感覚だった。同時に、大きな重力に惹かれるように世界が歪む感覚を覚えた。

何かが俺の思考の中に入ってくる。余りにも無遠慮に。お構いなしに。

それは記憶だった。俺の記憶。遠い遠い昔の記憶。それが、俺に、入ってくる。

☆

――俺たちの、最高に楽しいレースが終わった。

真っ黒な宇宙の真ん中で、真っ白の髪の彼女は俺の腰に手を回していた。

「聞きたい事があるのですけれど」

宇宙空間に音は無い。俺たちが互いの声を聞けるのは、アンチグラビティ・スーツの影響に過ぎなかった。耳に届くのは彼女の声だけだ。俺の惚れた女の声だけ。

「……目って、いつ閉じればいいんですか」

俺の妹――千子獅子乃は、ぎゅーっと俺の腰に手を回して、頬を真っ赤にしながら睨む。トレードマークのライオン耳がピンと立って、緊張しているのが丸わかりだった。

「えなに。何の話？」

「だ、だからあ。……キスする時。目、瞑るのがマナーって本で読みました」

だからいつ目を閉じれば良いのかと、彼女は尋ねる。その几帳面さがあんまりいじらしくて、彼女らしくて、俺は獅子乃の体を強く抱きしめた。

「わ……っ、わ……っ」

甘ったるいぐらいの少女の匂い。密閉された場所に閉じ込められていたからか、ほんのりとすっぱい汗の匂いがそれに混じる。彼女はアワアワとしていたけれど、決して俺を拒むことはなく、泣きそうな顔でしがみつく。

「目、閉じて」

「ぴにゃ……っ」

顔を真っ赤にした彼女が、ぎゅーっと目を閉じる。子供みたいで、何だか笑ってしまった。いや実際に彼女は俺より3つも下だから、まだ18の筈だ。子供なのは間違いないだろう。

「ン……ちゅ……」

彼女の小さな唇を、強引に奪った。彼女の唇を優しく食む。キスなんてしたこと無いと語っていた彼女は緊張で唇を一文字に結んでいて、そういう所も可愛いなと思った。大事にしたいと思った。でも出来るだろうか？　俺みたいなチンピラに。

「はぁっ、はぁっ」

キスの間呼吸も止めていたのか、唇を離すと彼女は息を荒げて必死に酸素を求めた。俺がへらへら笑っていると、彼女は怒ったような顔で俺を睨む。

「あなた……妹相手に、本気のキスしすぎ……っ」

泣きべそかいて、キレていた。なんだこのガキ。可愛すぎるな。

「それで、さ」

俺は昔見たコメディの俳優みたいに口を開く。

「約束したよな、俺が勝ったら――」

彼女は視線を逸らして、でもすぐにこっちを見て、真っ赤な顔で大きな瞳に涙を溜めて、小さく――本当に小さく――頷いた。

「……いいです。約束、したもの。もしも私たちが勝ったなら」

俺は言葉を促す。彼女は精一杯躊躇ってから。

「――私は、あなたの女です」

その瞬間だった。

『BMC！　BMC！　BMC！　BMC！』

光の雨！　音のシャワー！　叩きつけるような、大歓声！

幾万のスポットライトが俺たちを覆う。全宇宙の人々が、光のような速さで走る俺たちを、モニター越しに見つめていた。叫んでいた。拳を天に掲げていた。

『今ッ！　競技審査委員会から結果が発表されました。ビデオ判定の結果、優勝は――』

赤毛の実況者が必死に叫んでいた。

俺の腕の中で、彼女が緊張して震えていた。勝利を祈っていてくれるのか。俺はもうそれだけで別に良いな、と思った。

『優勝は――18番！　18番ッ！　優勝は、チーム「Be More Chill」ですッ！』

瞬間、歓声は大爆発した。

「いぃいいよっしゃぁああ!!」

「きゃっ」

俺は叫ぶと獅子乃を肩車した。彼女はライオン耳をヒクヒクさせながら恥ずかしそうに笑う。

無限に広がる静かな宇宙空間で、俺たちだけが拳を振り上げて、大声で笑っていた。

「俺たちの、勝ちだぁあ！」

「はい！　はい！　私たち、勝ちました！」

探索済み銀河に住む全ての知的生命体が、はしゃぐ俺たちを見て叫んでいた。あれはそれだけのレースだった。どうしようもなく大接戦で、大混乱で、今世紀最高の決闘だった。

『D！』

声がしたのは俺の着るアンチグラビティ・スーツのスピーカーからだろう。辺りをキョロキョロと見渡すと、真っ暗な宇宙空間を一台の真っ赤なマシンが切り裂いていた。

「あはは！　見たかよ、ジェントル！　俺たちの勝ちだぜ！　中央に行くのは俺たちだ！　最高だ！　最高だったぜ、お前もよぉ！　あはははは！　バカ野郎！」

『ああ。そうだったね。D。最高だった。でもさ』

俺たちと激闘を繰り広げた戦友──ジェントル・クトゥルフはタコのような顔から触手をうねうねと伸ばしながら、上品に笑った。

「なんだぁ？　言い訳かよ！」

『中央に行けるのは、3位までのレーサーだよ』

「へっ」

巨大なモニターに映し出されたレース結果を見る。1位『Be More Chill』（俺たちだ）。2位『中庸騎士団』。3位……『ファニーダンサー』。って、ジェントルのとこじゃねえか！

『というわけだよ、D。勝ち逃げはさせない。次は負けないからね』

「上等じゃねえか！　次もぶちぬいてやるさ！　俺たちは、最速のレーサーだからな！」

彼の機体『ジェントル・マリス』は俺たちから距離を取って速度を増すと、一瞬でその場から消えていった。当然だ。超高速で宇宙を駆け抜けるレースマシンだ。その速度は伊達じゃない。そんな宇宙史上最速のレースで、勝ったのは俺たちだ。

「ねえ」

獅子乃が耳元で俺を呼んだ。何。と応えるよりも早く、頭を温かい物が覆った。それは彼女の温もりだった。彼女は肩車されたまま俺の頭をぎゅーっと抱きしめる。

「……ありがと」

「うん」

「本当に、ありがとう」

「礼を言うなら、こいつに言いな」

俺は何だか恥ずかしくなって、超ベタな台詞を吐いていた。一層照れる。クソ。

けれど獅子乃は茶化したりせずに、俺たちが立っていたマシンを見つめた。

「ありがと。Ｓｅｎａ」

宇宙間レース用マシン・Ｓｅｎａ。真っ白な最高のポンコツは返事をすることもなく、俺たちを振り落とさないような速度で真っ黒な星の海を走り続けていた。

「でも、こんなの序盤に過ぎないんですからね。気なんて抜かないで下さいね。未だ、片田舎銀河のレースで勝っただけだもの。中央で優勝しなきゃ意味ない、だろ？」

「分かってるよ。中央で優勝しなきゃ意味ない、だろ？」

それは彼女から何度も聞かされてきた事だった。『地球を救いたい。だから手を貸して』だなんて、まるでB級映画のヒロインみたいな台詞。

「……で、でも。約束は……約束ですから……」

彼女がか細い声で呟いた。

「約束通り。私はあなたの女です」

彼女の顔を見たいと思った。きっといつも俺に口説かれる時みたいに頬をりんごみたいに真っ赤にして、涙目で呟いているんだろう。見たかったな。肩車なんてしなきゃ良かった。

「うむ。俺の事は、ご主人さまと呼びな」

「ば……っ。ただ、お付き合いするだけですからっ。普通に恋人になるだけ。彼女と、彼氏。対等の関係ですからっ。私があなたの女になるってことは――」

「うん」

「――あなたも、私の男なんですからね」

俺はそれを、フェアだと思った。この馬鹿みたいに広い宇宙の中で、俺たちは互いの事だけを考えていた。それは最高だと思った。なあ、アンタもそう思うだろ？　宇宙で最高なモンと言えば、レースと恋。それだけありゃ、ゲラゲラ笑いながら生きるには十分だ。

「行こうぜ、相棒！」

「行くってどこに？」

「宇宙の端っこ！　誰も見たことがない場所に！」

「くすくす。ばかなんだから」

呆れるように笑いながらも、彼女は呟く。

「……でも。あなたとなら、それも、良いかな」

無限に広がる宇宙を見ながら、誰よりも早く走りながら、世界の果てに想いを馳せる。

——それは、宇宙暦３７２１年。17月21日の事だった。

第3話　弱さを知る者ほど、実はオギャれる。

――そうして。俺は。目を醒ます。

ここはどこだ。……地下室？　そうだ。元町で新居探しをしていたんだ。

「……大吾さん？　どうかしたんですか？」

氷のような清浄な声に驚いて振り向くと、先程まで俺の体をぎゅーっと抱きしめていた少女が立っていた。少女――獅子乃ちゃんは、心配そうに俺の顔を覗き込んでいる。

「し、獅子乃ちゃん。実は――」

俺は今見た物を話した。無限に広がる宇宙の光と、切り裂くように駆け抜けるレースマシン。俺と獅子乃ちゃんは相棒で、恋人で、地球を救うために宇宙一無謀なレースに挑んでいた。

「……別の前世？　そんなの、うそ」

話を聞き終えた彼女は、呆然として驚いた。そりゃそうだ。『前世』なんてもう終わった話だと思ってた。けれど、アレは一度きりの事じゃ無かったんだ。

「大吾さんと私が、恋人だったんですか」

聞くのそこなんだ。

「それに俺と獅子乃ちゃん、ガチの兄妹だったっぽい」

「きょ、兄妹⁉　そんな、禁断な」

「いや、多分俺たちの世界とは意味合いが違うんだと思う」

朧気な知識だが、宇宙暦3721年の人類は人工授精率が100%だった筈だ。妊娠が前時代的な産物と見られ、人類は試験管と培養液で生産されるようになった。

俺と獅子乃ちゃんは、地球の同じ『工場』で生産されたんだ。あの時代ではそれを指して、『兄妹』と呼ぶ文化があった気がする。確かね。

「私と大吾さんが兄妹で恋人な次元……」

「あ、ああ」

あんまそこ強調しないで欲しい。意識しちゃうから。

「どんな事してたんですか？」

「えっ」

「私たち」

「……いや。普通。だったけど」

「ふつうって？　ふつうの恋人みたいに？　キスでもしてたんですか」

「キスは……はい。してたね」

「そう」

彼女はクールな表情で呟いた。流石すぎる。動揺してしどろもどろになっている俺が馬鹿みたいだ。ガキじゃないんだからさ。畜生。

「あと獅子乃ちゃん、猫耳ついてた」

「へ？」

「いやアレ、ライオンの耳なのかな……似合ってたよ。可愛かった」

「……そういうのが趣味なんですか？」

彼女はジトっとした目で俺を睨んで、そうなんだ。と小さく呟いてから。

「その話、お姉さまにはしない方が良いと思います」

「……そうかな」

「はい。お二人って今大事な時期でしょう。だって私とのキスを見た時も、お姉さまったらパニクってたもの。傷ついてた。だから無駄に変なこと話す意味、無いと思います」

「でも、誠実で居るべきじゃないか」

俺はこの事を、兎羽に話そうと思っていた。そうすべきだと。

「誠実で居たら、私と大吾さんは前世で恋人じゃなくなるんですか」

「……うっ」

「その事実はどんなに頑張っても取り消せない。あなたがどんなに誠実で居ても、私と大吾さんは手をつないで、キスをして、それにもっと凄いこともしたんです。そんな事お姉さまに言ってどうなるの？　お姉さまが傷つく以外に何がどうなると言うの？」

それは、と獅子乃ちゃんが続ける。

「大吾さんが真実を話して、一人でスッキリするだけですわ」

「……っ」

「あなたの罪悪感が軽くなるだけじゃないですか？」

何か言い返そうとしたが、喉の奥から何も出てくる事は無かった。彼女が語ったのは理屈の通った正論で、俺のは感情論に従って行動を決めていたからだ。

確かに彼女の言う通りで、俺が兎羽に真実を話した所で事実は何も変わらない。きっと彼女を傷つけるだけだろう。

「……だけど、やっぱり俺は話すよ」

「何故？」

「俺は彼女の夫だから。隠し事はしたら駄目なんだ。もしも、たとえそれが彼女の為にならないとしても——疚しい事があるなら話すべきだと思う」

それは論理というより、俺の経験則だった。どうせ嘘はいつか破綻する。人間の勘って奴は野生動物と比べると脆弱なもんだからアテにされないもんだけど、馬鹿に出来るようなモノじゃない。大切なのは、お互いが信頼出来る関係で居る事なのだと思うんだ。

「……なんて、バツイチが何言ってんだって話だけど」

俺が苦笑いすると、獅子乃ちゃんはいつもの氷のような表情で俺を見つめた。

「……もっと器用にやれば良いのに。賢くやれば良いのにね」

「仕方がないんだ。馬鹿だから」

「ばーか」

彼女はじーっと俺を見つめる。

「……ばーか」

獅子乃ちゃんは優しく笑って、俺の足を少しだけ蹴った。


「え？　前世？　知らん知らん2人で解決してねそんなん。私巻き込まないでね」

というわけで早速誠実とやらを発揮して兎羽に報告しに行ったが、肝心の彼女は耳を塞いで、あーあー言いながら俺の言葉を全く聞こうとしなかった。

「兎羽。聞いてくれって。俺と獅子乃ちゃんはまた前世で――」

「あーあーあー！　聞こえませーん！　知りませーんそんなの！」

「子供か」

「JKだが」

聞こえてんじゃん。

「大吾クン。だいたいね、君は舐めてるね」

「え。俺が誰の何処を？」

「君が私の逃げ癖を」

「そこかよ」

兎羽はふふんと胸を張った。

「――私、全然臭いものに蓋をするが！」

「威張るなそんなこと」

「見て見ない振りとか全然するが！　全ては私の精神的健康のために！」

なんて真っ直ぐな（逆方向に）人間なんだ。俺の嫁。

「自分に不都合な事実とか全然知りたくありません。そういうのは秘密の地下室とかで終わらせて来て下さい。私はトカゲ人間たちが世界を裏で操ってる真実を知ってもSNSとかに書かずに日々漫然と暮らすからね。自分に都合の良い部分だけを見て生きてくよ鉄の意思で」

「兎羽よ……」

「その哀れみの目は何なの」

なんて弱い心の持ち主なんだ。俺が必ず守護らなければ……。

とか俺が心の涙を流して見つめていることなんか露知らず、彼女は首を傾げていた。

「大体大吾クンはさ……しぃしぃと前世がどうとか関係あるの」

「えっ」

「そ、それでも。私の事が好きなんだろ。オマエは」

顔を真っ赤にして俺を睨んでいた。こういう事言うの、苦手な人だからな。

「うん。兎羽が好きだよ。俺は」

「……なら、それでイージャン」

良いんだ。そういう感じなのか。確かに俺は未だ兎羽のこと知らなすぎたのかもしれない。まるで俺の持っていた理屈とは反対すぎて、まるで宇宙人の思考みたいだ。

でもだからこそ、俺は彼女の事を好きになったんだ。電話越しで、この心に恋をした。

「君が集中すべきなのは！　そんな事より！　愛のクエストだろうが！」

「その恥ずかしい名前、本採用されたの？」

「レベル1――キス！　私たち夫婦なのに。そ、そんな事すら出来てないんだよ」

彼女は、恥ずかしそうに汗だくになりつつもビシっと俺に指を突きつけた。

「君は私に、どんなロマンチックな初キスするか。それを考えてなさい！」

なんだこの嫁。可愛すぎないか。ロマンチックな初キスしたいんだ。意外とそういう乙女な趣味があるんだ。うわーマジか。全然考えてなかった。それは頑張らねば。

「な、何笑ってんのさ！」

だって俺これでもそれなりに悩んで、重大な事実を話す心づもりで声かけたのにさ。

（あんなに綺麗だった宇宙の広さが、兎羽の前ではしょぼく見える）

改めて、不思議な人だ。と思った。もっとこの人の事を知りたいと思った。きっとそれが、恋なのだろう。なんて俺みたいなムサい男のモノローグじゃないな……。

「ロマンチックなキス了解！　男の矜持に賭けてやり遂げて見せるぜ。大和魂全開でな！」

「すごいね大吾クン。生来の男らしさがロマンチックと相性悪すぎるね」

「来週、俺とデートしてくれるか？」

「へっ」

「そこで兎羽を落としてみせるから」

「……」

彼女は視線を逸らした。

「かかってこい。けちょんけちょんにしてやる」

雑魚雑魚に震えた声色。俺が吹き出すと、彼女は俺の肩をグーで小突いた。

■

「はにゃぁーん♡」

私はお口ゆるゆるでニコニコしておりました。時はお昼。学園にて。屋上の広い青空を2人じめしながら、親友——みぃと一緒に電気毛布に包まっていました。

「どしたの兎羽ちん。一番嫌いな人が死んだ？」

「私をどういう人間だと思ってるんだオマエは」

だらしない。みっともない。と思いながらも、思わず口角が上がって、ヘラヘラしちゃう。

「旦那がね、デートに連れてってくれるの」

「へー、どこ行くの」

「ロマンチックなとこ♡」

自分で言ってむず痒くて、やんやんと体をよじらせてしまう。みぃは無表情だった。

「仲直りしたんだ、例の浮気者の旦那と」

「したー♡」

「……良いけどね、君が幸せなら。うちはね」

だって。大吾クン、言ってくれた。愛のクエストに挑戦するって。それはつまり、次のデートで私と初めてのキスをしよう。という事だもの。これは乙女力が低い私とは言え、女の子全開でドキドキしちゃうやつなのです。こんな一面あったんだねえ、私にも。

「き、Ｋｉｓｓってさ。どうしたら良いのかな」

「よく分からんけどその発音だけはやめな？」

「だってさ。男の人から来て。こう、肩グッて摑まれるわけじゃん」

「んで。言われるわけ。目ぇ閉じて……って」

「言うかー？」

「だ、だって言われないと、いつ目を閉じたら良いかわかんないじゃん！」

「兎羽ちん、ガチ恋愛弱者だな」

彼とキスをする。そんな事を考えるだけで、ドキドキして、ニヤニヤして、胸がキュンキュンしてる。だけどそれと同じぐらい、テンパって、困って、悩んでいるのだ。

「でさ、みぃ。目閉じた後、私どうしてたら良いのかな」

「そのまま、キスされるの待ってたらいいじゃん」

「こうして？　んー……」

「うっわ！　キス待ち顔めっちゃブサイク。あはははははっ」

「だしょー!?　私、それが絶対イヤなんだってー！」

目閉じて、唇突き出して。王子様を待つお姫様みたいにキスを待つ。マジで？　マジでそんな恥ずかしいことが、全宇宙の恋愛市場で行われてるの？

「なるほどね。それで今日の兎羽ちんは朝から浮かれてたわけだ」

ふぅん、とみぃは息を吐いた。まあ良いんじゃない？　と彼女は続けた。私は彼女のそういう所が好きだった。気軽で、一緒に居て楽なのだ。彼女は笑う。

「お、おぉ」

「でもそういう幸せの絶頂って時こそ、落とし穴に引っかかるモンだからなあ」

「……イヤな事言うよね」

　こういう所は、別に好きとかは特に無いです。

（しかも落とし穴にも心当たりはあるし）

　例の前世、とかいうやつ。その事をちらりと考えると全く同時に、私の頭上をぴちゃんと水が跳ねて、頰を魚のようなヒレが撫でた。

「雨？」

　水飛沫がかかったみぃが首を傾げながら空を見るが、今日の神奈川は晴天だ。

「ねえ、今、あそこ。ほら。私たちの真上。５ｍぐらい上空に浮いてる人魚が見える？」

「……兎羽ちん、とうとうそこまでいっちゃったのか？」

　どうもみぃには見えないみたいだ。私には、色鮮やかなパステルカラーの人魚がじーっとこっちを見ているように見えるのだけれど。あまりにも明確に。現実みたいなツラしやがって。

『……──』

　人魚はパクパクと口を開けていた。何か伝えようとしているようだ。

　私は目を細めて、彼女の唇を必死に読んだ。空を飛ぶ人魚。空気の一つも吸えないのかしら。

『キ　ス　し　ち　ゃ　だ　め』

　そんな風に言っている気がした。気の所為だと思うけど、そうではないのだろう。

何でやねんのツッコミ代わりに、私は自分の靴を大きく振りかぶって投げつける。

みぃがギョッとしてる顔が結構ツボで、笑ってしまった。

■

私——千子獅子乃は学園帰りに伊勢佐木町の有隣堂に寄ると、幾つかの書籍を購入しました。

(それにしても、大きな本屋さんなんて久しぶり!)

目的だった書籍以外にも、色々手にとってしまいました。チャック・パラニューク作の『サバイバー』。澤村伊智先生の『ぼぎわんが、来る』。それに二丸修一先生の『幼なじみが絶対に負けないラブコメ』の新刊。私も或る意味幼馴染みたいなもんなので、学ぶ所があります。

結局15冊ぐらい本を買った私は、店員さんが二重にしてくれた紙袋を手に持つと、流石に買いすぎたと後悔するのでした。結構重くて大荷物になっちゃう。

「……はっ」

そして気がついてしまうのでした。有隣堂の近くには美味しそうなカレーパン屋さんがあることに。『たっぷりモッツァレラカレーパン』ですって。そんなの美味しいに決まってます。

(今日こそ、買い食いのチャンスなのでわ)

前回は育ての母がメイド喫茶で働いていたショックで有耶無耶になっていたのですが、私の小さな挑戦は続いているのでした。人生のサブクエストです。

（でも荷物がいっぱいだし……カレーパンはじゃじゃ馬過ぎる気も……）

これは紛うことなき死活問題なのでした。千子家の人間として私には瀟洒である義務があるのです。肝要なるはプライド。誇りの問題です。うーん。うーん。

「すんません。カレーパン２つ」

私が店先で悩んでいると、颯爽とやってきたお姉さんが格好良くカレーパンを買いました。

私も同じようにやればいいのだわ、とむんずと意気込む。――かと思ったら、お姉さんは私を気怠く見つめたまま、それを私に差し出すのでした。

「ほい、獅子乃ちゃん。あげる」

「えっ？」

その気怠げな視線には覚えがありました。というのもその人は、私の現状住んでいるメゾン・ド・シャンハイの住人――イェン・シーハン氏だったから。

「あ、ありがとうございます」

私がカレーパンを受け取ると、イェンさんはヒラヒラと手を振って笑いました。

（イェンさん。今日はいつもと格好の雰囲気が違うのね）

いつもは可愛らしいヒラヒラの格好をしているのですが、今は真面目そうな装いです。私たちは近くのベンチに腰掛けるとカレーパンを食べ始めました。今回もクエストクリアならず！

「獅子乃ちゃん、何買ったの」

彼女がそう言って、返事も待たずに私の紙袋の中身を確かめました。

「……カフカの短編集に、横溝正史に、ラノベにSF。意外と雑読派なんだね」

「最近は何でも読んでみよう、という心づもりなのですわ」

「なるほどね？　他には、どれどれ……って。これは」

彼女が意に留めたのは、一冊の新書でした。

「『日本で本当に起きた恐怖の都市伝説読本』？」

「あ、それ」

「またどうしてこんな胡散臭い本買ってるわけ？　中学生が好きそうっちゃそうだけど」

私は説明しました。大吾さんとお姉さまと一緒に引っ越そうとしていること。そしてその物件は曰く付きの事故物件で、オカルトじみた噂があるという事。

（……それに――）

私が一通り話し終えると、イェンさんはふむと頷いてから呟きます。

「大吾が言ってた、前世云々と関係してたりする？」

「……！」

私が口ごもった内容について正確に言い当てられて、動揺しました。

（大吾さん、前世とかいう世迷い言をまさか他人に話してるだなんて）

普通そんなの恥ずかしいし信じてくれないだろうから、誰にも話さなそうな物なのにね。それだけ、大吾さんはイェンさんを信頼しているという事なのでしょうか？

「大吾さん、あの家で真っ白な『手』を摑んだんですって。そしたらまた前世を見たの」

この『前世』という現象が何なのか。そろそろ調べるべきだ、と思ったのです。半分以上は私の興味本位なのですが、自分がどういう状況なのか正しく知りたくて。

（……それに、大吾さんと私、キスしてたらしいし）

1960年代の世界では、結局私たちキスしてないからな。大吾さんが見たという新しい前世――『宇宙暦3721年の世界』ではキスどころか、私たちは明確に恋人らしい。

そんなん絶対見たいに決まってる。なんとかして私も前世の夢が見れないものかしら？

（なんて剝き出しな欲望、誰にも言えません……）

「ふぅん」

イェンさんはペラペラと都市伝説の本を捲ると、これか。と呟きます。

『K県にある「口寄せ館」。霊能力者である竹下光河氏の霊視によって有名になる』

彼女はその一文を見ると、目を細めました。

「竹下光河。なんだ、こいつか」

「ご存知なんですか？」

彼女は、二流のインチキ霊能力者だよ。と呟きました。

「だが確か、こいつは……」

イェンさんはスマホを取り出して、軽く操作します。

「あぁ、やっぱり。74年以降から活動の記録が無い。霊能力者を辞めてるんだ」

「74年と言うと……」

「丁度、口寄せ館で霊視をした頃だね」

彼女は、ふむと頷く。更にスマホで、どこかに電話をかけました。

「もしもし？　イェンですけど。……はい。はい。その節はどうも。それでちょっとお願いがあるんですけどー。はい、人を探してて。竹下光河って人なんですけど。そっちで誰か分かる人……あ、そうですか。なるほど。なるほど。いやちょっと……はい。あ、どもっす」

イェンさんは通話を終えると、私を見た。

「獅子乃ちゃん。今から行ってみるか」

「……へ？」

「竹下光河の所に。50年前、あの口寄せ館で何があったのかを確かめに」

彼女は気怠そうな表情でニヤリと笑うと、残りのカレーパンを頬張りました。

車の中では爆音が響いていました。『Skillet』という海外のバンドの『Feel Invincible』という曲だそうです。私はガタガタと揺れる車の助手席に座って、目をパチクリさせます。

「竹下光河。聞いた事あったんだ。ただ霊能力者ってだけじゃない。阿呆なカルトの立ち上げメンバーだった筈さ。どっかの農村で完全に自給自足の生活をする、みたいな触れ込みのね。まあ失敗したらしいんだけどさ。ボク、前にその周辺の聞き込みに行っててね」

とか何とかイェンさんは話しておりますが、私は未だに状況を飲み込めていませんでした。っていうか何なら、未だカレーパンを食べ終えてすらいませんでした。

「イェンさん。車、好きなんですか？」

「あ？　なんで」

「だってこれ、外車ですよね」

駐車場に停めてあるこの車を見た時、驚いたもの。明らかに日本車ではないぺたんこのフォルム。古くて年季が入っているものの、よく手入れがされている車体。

「古いシボレーのインパラさ。親父が好きでね。死んだ時貰ったのはこいつだけ」

派手な色のサングラスをかけて煙草を吸う彼女は、妙にこのアンティークの車が似合いでした。未だにＣＤプレイヤーを使っているので、グローブボックスにはギッシリとＣＤが詰め込まれています。左ハンドルだから、右の助手席に座るのがムズムズしました。

「獅子乃ちゃん。明日学校休みだよね」

「え？　はい。そうですけど」

「じゃあ大丈夫か。家に連絡入れときなー？　今日は泊まりになるからさ」

「……へ？」

「竹下光河は、富山県の氷見の方に住んでてね。あっちに着く頃にはすっかり夜だろう。この時期の北陸は雪も凄いから夜の山道の運転はしたくないし、どっか泊まろう」

そんな準備、全然していないのですけれど。

「大丈夫。コンビニさえありゃ生きていける」

そんな心の準備も、全然していないのですけれど。

「一応メール送って、あっち行く旨は伝えといた。今の時代テレビ電話でも良いんだけどさ、やっぱり違うよね。現場には直接行かないと、分からない事が多すぎる」

「イエンさんって、探偵さんなんです？」

「あぁ？　ンな胡散臭い仕事やってるように見える？」

「見えます」

イエンさんはゲラゲラと笑った。

「ボクはライターだよ。風俗から妖怪・怪談話にヤクザの噂話まで何でも書く。人より3倍ぐらい文字を書くのが早いから重宝はされてるが、二流だね」

だから、竹下さんとのパイプを用意出来たということなのでしょうか。

「獅子乃ちゃんと泊まるのはこれで2度目になるのか。よく覚えてるよ、あの日丁度、ボクはアメリカから日本に帰ってきたばっかりで――」

「アメリカ？　アメリカに居たんですか？」

「そう。まあね。何となくブロードウェイで働きたくてね。一応1つぐらい小さな劇場での公演に漕ぎ着けたんだが、クソみたいな出来で……ていうか過程がクソで……まあとにかく酷くてね。ボクがしたいこととは違うなと思って、日本に戻ってきた」

（……なんて行動力があるのかしら！）

私なんて買い食いするのにも何日もかけているというのに、イェンさんは何となくで渡米までして、少し興味が出たからという理由で富山県に泊まりで行こうとしています。

今の若い私に必要なのは、こういう無茶苦茶なフットワークではないかしら？

「それで獅子乃ちゃん、どうする？」

「どうするとは？」

「マジで行く？　別にこのまま家に送り届けてもいいんだぜ」

「……行きます」

「お。案外ノリが分かるタイプだね」

竹下光河という人に会って何が分かるかは全くわかりません。ただ何だか今の状況が余りにボウケンじみていたものですから、ワクワクしてしまったのです。

一度も行ったことがない北陸に行って、自称霊能力者に会いに行く。胡散臭い大冒険！

「っしゃー！　折角だから美味いモンでも食って行くかー！」

「氷見は何が美味しいんですか？」

「氷見っつったら寒ブリよ！」

「寒ブリ……！」

「ぶりしゃぶよ！」

「罪ですわ！」

私はブリをしゃぶしゃぶしながらカニ汁に舌鼓を打つ自分を明確に妄想します。

「ぶりは勿論、日本酒が美味いんだ北陸は。ああ、美しく美味いホタルイカ！」

「はわわわ……氷見牛というブランド牛もあるそうですわ！」

本能が叫んでいるのでした。美味しいものが食べたい。寒ブリが食べたいと。

「ぶりしゃぶ！　ぶりしゃぶ！」

「ぶりしゃぶ！　ぶりしゃぶ！」

こうして私たちは、ぶりを食べに氷見に行くことになったのでした。

……じゃなくて。元・自称霊能力者の人に会いに氷見に行くことになったのでした。

■

俺と兎羽がいつものように中華街の行きつけの店・黄龍亭で晩飯を食っていると、獅子乃ちゃんから兎羽に連絡が来る。兎羽は獅子乃ちゃんと話し終えると、キョトンとしていた。

「しぃしぃ、イェンさんと一緒に北陸旅行してくるらしい」

「……なんで？」

「わかんないけど。ぶりしゃぶがどうって興奮してた」

何となく察した。獅子乃ちゃんは、シーハンが偶に発揮する気まぐれと行動力に巻き込まれたのだろう。俺も過去数度連れ去られている。

「シーハンなら安心していいよ。なんだかんだ世話好きだしね、アイツ。旅慣れしてるし」

「……まあ心配はしてないかな。なんせしぃしぃだし。あの子は強い子だからね」

まあ確かに、総合人間力なら俺・兎羽のペアよりもシーハン・獅子乃ちゃんペアの方が数十倍は高そうだ。よわよわペアとつよつよペアと言っても過言ではない。

「え。てゆうかしぃしぃが居ないんだったら、今日私、どこ泊まれば良いの」

「よわよわペアの片割れが、またなんか弱いこと言い出したな」

「ペア？」

兎羽はこくんと首を傾げた。可愛い。

「そうじゃないよ大吾クン。だって私結婚してから、ずっと妹の部屋で寝てるよね？」

「……会った初日に俺の部屋に泊まったのが最初で最後の同居だったね」

「じゃあ私、ビジホでも探そっかなー」

とか言い出した嫁の腕を、俺は摑んだ。

「うち、泊まっていけば良いじゃん」

「えあっ」

「布団は2つ用意してるし。いつ来ても良いように掃除もしてるから――」

「……大吾クン。がっついてる」

俺は焦って、彼女の手を離した。

「がっついてるとかじゃなくて、俺はごく一般常識に則った話をだね」

兎羽は、ふんだ。と息を吐いて顔をそむけた。

「だって同衾はクエストのレベル2なんですけど」

「俺、兎羽の事襲ったりしないよ。嫌われたくないし」

「おそ……っ」

目を見開いて、顔を真っ赤にする。あっちからがっついてるとか言うくせに、こっちが直接的な表現をすると妙に意識しちゃって恥ずかしくなっちゃう人なのだ。

「そ、そんなんにビビってるとかじゃないけどね！　大吾クンが襲ってきても私のデトロイト仕込のボクシングスタイルが火を吹くだけだけどね！　ていていっ」

しゅっしゅとシャドーボクシングをしていた。やっぱり可愛くて微笑ましい。まあぶっちゃけ最初から分かっていたので、俺は苦笑する。

「分かってるよ、焦ったりしないって。今日は俺が外で泊まってくるから、俺の部屋使いな」

「そ、そんなこと……っ。私のわがままなのにっ」

「嫁を外に寝かせて、夫だけ部屋に居られんから。そこは旦那を立てて下さいね」

兎羽は何かを言おうとして、すぐに口をつぐんだ。この議論において俺が引くことが無いと分かってくれたのだろう。

「ごめんね」

「いいよ。嫁のワガママ聞くの、好きだし」

「……う、ん」

彼女は少し申し訳無さそうに、少し嬉しそうに頷いた。注意力が低下していたのか熱々の小籠包を口に入れて、舌を火傷してヒーヒー言った。俺は氷の入った水を彼女に渡す。

ちっちゃな舌を口からはみ出しながら、兎羽は半泣きになってた。よわ可愛い。

「……ね、大吾クン」

「何？」

「私ね」

彼女は俺と目を合わせず、チロチロとグラスの中の氷を舐めながら呟く。

「別に君に襲われても、嫌いになったりはしないから」

「……えっ」

「怖くて泣くかもしれないけど。……嫌いになったりしないから。……それだけ」

今度は俺が注意力散漫になって、水の入ったグラスを零す番なのだった。

嫌いになったりしないんだ。

「……」

嫌いになったりしないんだ……。

ぼーっと昨日言われた事を漫然と考えてたら、ダンボールに躓いていた。

「って、あぶね！」

「……何してんのよ、大吾ちゃん」

引っ越しの手伝いをしに来てくれたゆいちゃんが呆れて俺を見ていた。俺はこれはいかんと首を振って作業を再開する。

今日は『口寄せ館』への引っ越し作業の日だった。どうせ家も遠くないしトラックでも借りて引っ越しも自分たちでやっちゃうか。というやつである。兎羽はこれまた手伝いに来てくれたリンゲイトと一緒に昼食の買い出しに行っている。

(駄目だ。雑念ばかり頭を巡ってしまう)

兎羽、というかうちの嫁、俺が襲っても嫌いになったりしないらしい。なんだそれは。あれは、お誘いと言うかそういう誘導なんだろうか。恥ずかしがり屋で逃げたがりの兎羽だからこそ、こういう時は俺が強めに押すべきなんだろうか。……とか何とか。

「大吾ちゃん、鼻の下伸びてる。キモい」

「の、伸びてないが」

小学生相手に0点の言い訳をかましてしまった。

「そういえば私、この前あかねさんに会ったのよ」

咄嗟に平静を装うとしたが、俺はダンボールを落としていた。

「……ソウナンダ」

ちなみに声も震えていた。

「あら。大吾ちゃん気になるの？　元奥さんの事」

「き、きき、気になるわけ無いが。俺はもう新しい道を歩んでるんだし。あっちだってそうだろうし。全然全く、近況とか、うん。良いよね別に」

「お子さん産まれたんですって」

「はぁあッ!?」

「ウソぴょんだわ。くす。大吾ちゃん、気にならないんじゃなかったの？」

小学生にまんまと騙されてしまったようだ。つうか小学生が出来る人の騙し方じゃないだろ。

ゆいちゃんは相変わらずの傾国の美女のような笑みでくすくすと笑っている。

「元気してたわよ。でも、最近お父様が亡くなったんですって」

「……え？」

「お葬式とか大変だった。って言ってた」

あかねの親父さん、亡くなったのか。俺もそこまで仲良かったわけでは無いのだけれど、結婚式には来てくれたのを覚えている。花嫁姿のあかねを見て泣きながら大笑いしていた。俺が『彼女を絶対に幸せにします』と言うと『当たり前だバカ野郎』と睨まれた。そっか、あの人死んだんだな。あかねは父子家庭だから1人で葬式を出したのだろう。

（きっと、泣いたんだろう。酷く沢山泣いただろうな）

あかねはしっかりとした人だった。けれどそれは表面ばかりの話で、一人だと風邪を引くだけで泣いているような人だった。俺が居るときは無理して笑うような、綺麗な人だった。

彼女が泣いていると俺はどうしようもなく苦しくなって、彼女を必死に慰めていた。俺がこの人を護らないとな、なんて思ってたわけですよ。それは随分遠い過去の記憶のようだった。

「大吾ちゃんが再婚した話したら、驚いてたわよ」

「……なんて言ってた？　あかね」

ゆいちゃんは俺の事をからかうように見つめながら、優しく呟いた。

「よかったって」

そう言うだろう。俺のよく知る彼女なら、必ずそう言って笑う筈だ。鮮明に彼女の表情を思い浮かべられた。彼女は1人のときだけ涙を流す人だから。

「あと、幸せになってね。って」

俺は俯く。

「ただいまー！」

「ふぅー。買ってきましたヨ、色々。最近はテイクアウトの店が多くて助かりマス」

兎羽とリンゲイトが帰ってきたようだ。レジ袋をわしゃわしゃと鳴らしながら、ダンボールに弁当やら惣菜パンやらを並べている。

不意に兎羽は俺の方をじっと見てつぶやいた。

「あれ、大吾くん泣いてる！　え、どうしたの⁉」

「な、泣いてねえし！」

「ゆいちゃん、駄目だよ。うちの夫イジメたら。もー、ほらどうしたのおいでー」

兎羽は、俺の頭をぎゅっと抱きしめた。驚く。この人はこういう接触とか、すぐ恥ずかしがって駄目だと思っていたのに、全く躊躇なく、俺の頭を胸に押し付けていた。

「よしよし。いいこいいこ。はーい、もう泣かないよー」

「……だから、泣いてないって」

「ン。そーだねー……♡　大吾くんは強い男の子だもんね。分かってるよー♡」

え、何だこの唐突な母性。兎羽、こんな一面を隠し持っていたのか。友人の前で抱きしめられている状況は超恥ずかしいが、めちゃ大きい胸に顔を埋めながら頭を撫でられるのが気持ちよすぎてこんなん動けるはずなかった。幸せ過ぎる。

「普段よわよわだから自分より弱い物を見ると共感が発生して、守りたくなってしまうのね。普段守られたい分、どうバブらせたら安心するか誰より心得て居るのだわ」

ゆいちゃんが的確な解説を入れてくれた。なんて人間理解度が高い女児なんだ。

「と、兎羽。マジでもう良いから」

「そ？　くすくす、照れちゃって」

兎羽に解放されて、今更男の体面を保とうと咳払いなんてしてしまった。ゆいちゃん&リンゲイトがニヤニヤと後方から見守っている。あークソ。ホント恥ずかしい。

(兎羽の事、幸せにしてやりてーな……)

(つーかおっぱいでっけええええええ！)

なんて2つの感想が同時並行してしまうのが男という哀しい生き物なのだった。綺麗事だけじゃ生きていけないよな。欲望を醸しながら生きていこうぜ、ボーイズ。

「って、そう言えば」

リンゲイトが金髪をふわふわ揺らしながら呟く。

「おうちの前に、引っ越し屋さん来てましたヨ？　アレ、どなたデス？」

ゆいちゃんが思い出したように口を開いた。

「この物件、1階があなたたちの住居でしょ？　2階部分にも住人が入ったのよ」

それは一度ちゃんとご挨拶をしておくべきだろう。俺と兎羽は玄関を出た。

「こんにちは。今日から引っ越してきた——」

「ますたぁ？　それに、兎羽さま……？」

そこに居たのは褐色で肉付きの良い女性だった。いつものトレードマークのメイド服を着ていなかったので分からなかったが——

「フェイさん？」

——フェイワン・レイエス・フローレス。

フィリピン生まれの彼女は俺たちを見て、ニコニコ笑っているのだった。

■

昨晩はぶりしゃぶ。今朝はパンケーキ。そして今日の昼食に氷見牛のランチ。

「イェンさん。私たち何しにここまで来たんですっけ」

「マジですぐ忘れちゃいそうになるよな」

恐るべき市町村なのです。氷見という町。富山という県。そして北陸という土地は！

交通の便が悪いのでイマイチ表舞台に上がりにくいのですが、景観は綺麗で自然は美しく、そして何よりご飯が美味しすぎるのです。ぶりしゃぶ、ぷりぷりで最高でした。

「ここが竹下光河の家か」

私たちは山奥の廃墟寸前の農村にやって来ていました。来る途中にキャベツや大根の畑があったのですが、竹下光河氏の家の周りは特に荒廃が酷く人が住んでいるとは思えません。

「見てよこれ」

イェンさんが電柱に張られたラミネート加工で守られたボロボロのチラシに触れました。

「『マーシー村へようこそ！　優しさと希望の村！　あなたと私が「しあわせ」になるための場所』だってさ。優しさと希望だって。はは。笑っちゃうね」

『マーシー村』それこそが竹下氏の参加していたカルトなのだとイェンさんは言います。

「こういうのが流行った時期があったんだよ。過去には文豪の武者小路実篤氏も『新しき村』とか言う自治体を作ってたりするしな。資本主義の競争社会に疲れたから全体主義的な制度の共同体を作りましょうたら言うやつ。ユートピアに憧れた連中が居たのさ」

「ユートピアですか。そんなの作れるのでしょうか？」

私が尋ねると、イェンさんは少しだけ考えてから。

「作れるさ。だけど、馬鹿みたいに大変だ。『理想郷』だろ？　そこに打算や妥協を挟まないって事だろ？　完璧な世界。未だかつてそれを作れた奴なんて居ない。神さまも含めて」

彼女は煙草の火を消して携帯灰皿に突っ込むと、廃墟のような家のインターフォンを鳴らします。ぶおーっと、解像度の低い呼び出し音。

トタンのドアの奥に人の気配。私たちは待ちます。ガタガタと立て付けの悪いドアが開く。

「初めまして。あなたたちが御名都出版の方ですか？」

(あら？　思ったより、随分とお年の召された……)

竹下光河氏を初めて見た私の感想はそれでした。70年代の時に活躍されてたとの事だから、当時に30歳だとしても現在は80歳を超えている筈です。思えば当たり前の話。

「どうぞ上がって下さい」

私たちは彼の勧めに従って、家に上がる。

(すごい部屋)

不衛生、というわけではありません。ゴミは寧ろ少ないのです。ただ、よくわからない書類の山や古い箱の積み上げられた塔・壊れた時計に古びた家電・沢山のダンボールや由来の分からない置物の羅列のおかげで足の踏み場も無いような状況なのでした。

「それで口寄せ館についてお聞きしたいのですが」

イェンさんは社交的な辞令を終えると、早速とばかりに取材を始めました。竹下氏はどこか嬉しそうに、子供のようなくしゃっとした笑みを浮かべて語り始めます。

「あれは確か、全国で放送された番組だったのかな。あの頃はオカルト番組とかよくあったからね。おれは偶々、制作会社のディレクターと仲良くしてて、それで霊視を頼まれたんだ」

「竹下さんは霊能力者になる前、何をしていたんですか？」

「そりゃ、銀行マンだよ。ほら、金大（金沢大学のこと）出身だから。あそこ出るやつァ皆お役所とか銀行に行くの。ただ、おれにはあんまり合わなくてね。3年でやめちゃった。あの頃は今より辛かったから、先輩からビンタぐらい当たり前。そういうのが嫌でね」

「……それで、霊能力者に？」

「違う違う。最初はね、音響やってたの。学生時代音楽やってたから、先輩が居て。それでテレビとか……まあラジオの方が多かったかな。の仕事してたの。その頃から霊感はあったな」

普通に話していた人生の苦労話に挟まれた唐突な『霊感』という頓珍漢な単語に、私は少しだけギョッとしてしまいます。まるで当たり前のことのように言うものだから。

「霊感？　まあね。おれの場合は、黒いモヤみたいなモンが見えるんだ。じーっと見てると、それが男なのか女なのか、どうして死んだのかが何となく分かってくる。今？　そりゃ、今でも見えてるよ。自然なモンばっかり食ってるからね、おれは。あんたらみたいに、遺伝子組み換えとか、合成着色だどうのってのは食べてないから。だから見える」

なるほどー。と、イェンさんが大真面目に頷いています。こういう所、やっぱり大人なんだなあと思って少しだけ尊敬したりしました。

「それで音響しながら、霊視とか友達にしてたわけ。守護霊見たり、簡単な占いとかね。つっても占いは素人なんだけど。そしたら現場の偉い人がいたく感心してね。芸能に興味無いかと」

だから霊能力者になったのだ、と彼は言います。テレビにプロデュースされたのだと。イェンさんはメモを取りながら、質問を続けました。

「竹下さんは『口寄せ館』で霊視をした後、お仕事を辞められてますよね？」

「それが最後ってわけじゃないけどね。でも、うん。その頃。つまんなくなっちゃったから」

「つまんない？」

「霊視とかそういうの。だって皆、言って欲しい事を聞きたいだけ。本当がどうとか興味ないんだもん。そういうのが嫌いになってね。他にもやりたいこととか沢山出来てきてたし。まあディレクターと喧嘩したのもあったけど」

後半の理由が強いのでは。私もイェンさんもそう思ったけど、口には出さないのでした。

「口寄せ館について、聞いてもよろしいですか？」

イェンさんの質問に、初めて竹下氏の表情が淀みました。

「あんたたち、それどこで聞いたの？」

「えっ」

「そうなんだよ。あの家、変だったんだよ。俺も、テレビだからさ、わかりやすく、いつもどおりに言ったんだ。だから本当のことはあんまり言わなかったんだ。おれも何て言えば良いかわからなかったからなんだけど……」

思わず私は身を乗り出しました。

「それって、どういうことですか？」

彼は応えます。

「――蒼い花」

私は固まる。余りにも脈絡が無かったせいで。

「蒼い花が、びっしりと生えてた。風呂場のカビみたいに。いや、言い方が悪いか。綺麗だったんだ。青く、淡く、光る、花だ。洞窟のヒカリゴケってあるだろ。あんな感じ」

「花、ですか？　え、本物の？」

「本物？　どうかな。なんつうのか。おれ以外には見えてなかったな。ディレクターとかカメラマンは気づいてなかった。テレビで確認しても、なんにもないだろ。そんな事初めてだったから。びっくりして、夢か何かだと思ったぐらいだ」

蒼い花。そんな物は見たことは無い。けれど連想する色があった。１９６０年代の世界で地球を滅ぼした隕石の光の色だ。巨大な次元を渡るマヌの船。あれも蒼い燐光を放っていた。

「あの頃は確か、サラリーマンの夫婦が住んでたんだ。爺さんが行方不明になったとかで。今思うと徘徊か何かだったんだろ。玄関とか寝室は全然普通でよく片付いてた。そういうのって困るんだよな。コメントしづらいから。でも、地下室が――」

「地下室」

「そう。あそこに蒼い花が咲いていた。それに、声もした。沢山の人の……ざわめきだったと思う。何て言ってたんだっけ。確か、誰かの名前を呼んでいた」

「名前、ですか？　思い出せますか？」

「ええと、待ってくれよ。確か……ああ、変な名前だったんだ。し……し……」

『し』の文字が2つ並んだ。その文字列に、妙な既視感があった。私は思わず拳をぎゅっと握る。きっと違うに決まっている、と自分に言い聞かせながら。

「し……し……。しし……何とかだ。ししだ。ししかぜ。ししど。あー違うな……」

「――獅子乃。ですか」

私の代わりに、イエンさんが呟いた。竹下さんは、そんな名前だった気がする。と答えて、何分50年も前の事だから。と続けた。だけどそんな私たちにとっては自明の理だった。

(私？　私の名前を、呼んでいたと言うの？　あの家が？)

そんなの全然感じなかった。白い手が握ったのは大吾さんだ。私じゃない。

「……大丈夫？」

青ざめる私の手のひらを、イェンさんが握ってくれた。私は強がりの笑みを浮かべる。

「他に何か見ましたか？」

尋ねると、竹下さんはまた言い渋った。これはあんまり話したくないんだけど。とか、信じて貰えないと思うんだけど。とか散々前置きしてから。

「俺ね、ＵＦＯに連れ去られたんだよ」

「へ？」

また急に随分と話が変わったものだから、私たちは呆気に取られる。

「ああ、確かだ。だっておれ、宇宙を見たんだよ。真っ黒な世界に、沢山の星がさ。すごかった。ガラス越しに見てた。あれは確かに、宇宙船の中だったよ」

「それは……えーっと、宇宙人に攫われた。ってことですか？」

イェンさんが尋ねると、竹下さんは眉をしかめた。

「……いや。宇宙人。ンー。あれは、宇宙人じゃなかったんだよ」

「どういうことです？」

「地球人だった」

彼は未だに信じられていないような顔で、自分のヒゲに触れていた。白髪交じりのヒゲを指先で弄りながら、過去の記憶を探るように目を閉じて語り続ける。

「普通の人間だった。白人も黒人もアジア人も色々居た。服も普通の服だった。だけどそいつらは宇宙船に乗っていて変な言葉を喋ってた。そんな話、テレビで出来ないだろ」

そういうものなのかしら？　私には分からなかった。『皆、言って欲しい事を聞きたいだけ』と竹下氏は語っていた。それと何か関連があるのだろうか。

「それって、口寄せ館で霊視をした後にとかですか？」

「いや、『後で』。じゃないんだ。問題は、そこでさ」

「と言うと」

「霊視している途中で、なんだ。口寄せ館に居て、地下室に行って、蒼い花を見て。その最中だ。ふっと体が浮き上がった気がして、いつの間にかＵＦＯの中に居た。そんでよ。少ししたら、いつの間にか、戻ってきてたんだよ。口寄せ館に。時間なんて全く経ってなかった。誰もおれがいなくなった事に気がついてすらいないんだよ」

本当に、何とも雑然とした話である。脈絡がないしオチもない。そんな無茶苦茶な話、たしかにテレビの限られた時間の中では語るのが難しいのでしょうか。

（雑然とした、無茶苦茶な、まとまりの無い話に聞こえるけれど）

私にとってはそうではない。きっと世界で私と大吾さんだけは、この話を実感さえも抱きながら聞くことが出来るはずだ。だって私たちが実際に体験している話なんだもの。

「ああ、そうだ。それとあいつら、何か祭りみたいな事しててよ。一体、何なんだろうって思って、観察してたんだよ。多分な？　多分だけど……あれは……──」

彼はまるで、冗談(じょうだん)の1つでも言うように。

「──きっと、レースでもしてたんじゃないかな」

第4話　きみとキスしなくちゃ、ぼくはぼやける。

「あらあらあらあらあらあらあら♡」

語尾に♡を付けながら、褐色のメイドさんは俺の幼少期のアルバムを見ていた。

「にゃーっ♡　ちっちゃい大吾クンかわいーっ♡」

語尾に♡を付けながら、俺の嫁も俺の幼少期のアルバムを見ていた。

「わー、これ初めてのお風呂の写真デスって。あはは。包茎～♡」

金髪のチャイナ服娘も語尾に♡を付けていたので、俺はヤツにデコピンした。

「ぎゃあ！　何するんデスか！　歪んだ愛情をぶつけるのは夜だけにして下サイ」

「色々いかがわしい事言ってんじゃねーよ！」

「だって見てくださいよ大吾のこのちっちゃくて可愛いやつ。大きさ、たけの○の里ぐらいじゃないですか？　今のダイゴと言えば、マングースぐらいの恐ろしいサイズなのに」

「お前もう二度と喋ンな」

リンゲイトの頬を右手で摑んで歪ませた。彼女は楽しそうにふごふご笑っている。

「マングース……ごくり」

フェイさんが頬を赤らめながら、じとっとした視線で俺の下腹部を見ていた。そんなの絶対気のせいに決まっていたのでスルーした。

「てか、何でフェイさんはこの部屋に居るんすか。引っ越しの作業は？」

「私は業者さんに全部お任せしてるので～♡」

兎羽と獅子乃ちゃんの乳母――フェイワン・レイエス・フローレス。何の因果か、彼女は俺たちと同じ家の二階部分に引っ越して来た、と言うのだ。

（千子家の調査網を使ったな、この人）

偶然が過ぎるってもんだ。フェイさん、どうも過保護っぽいし。

「えへー♡　フェイちゃんも同じ家に住むなんて嬉しいなー」

「ふふ、私もですわ、兎羽さま♡」

兎羽は無邪気に喜んでいた。俺との同居に微妙に怯えていた彼女だから、少しでも居心地の良い環境になるのは嬉しいのだろう。それは俺も良い事とは思うんだけど。

（謂わば義理の母と同居みたいな事だもんなあ。新婚的にどうなんだろ）

それなりに引っ越しの作業は終わってきた居間の中で、ニトリで買ったばかりのテーブルでアルバムを見て楽しそうにしている兎羽。彼女が喜んでるなら良いかな、と思った。

「それじゃあ私、折角ですしお茶でも淹れますわね」

フェイさんが立ち上がって、キッチンへと向かう。

「あ。大丈夫です。俺がやりますから」

「お気を使わないで下さいまし？　私はこれでもメイドさんなのですから——ひゃんっ」

「危ない！」

ダンボールに足を躓けた彼女の体を受け止める。むにっと柔らかい甘めの感触。

「あ、ありがとうございます……」

「いえ」

俺は紳士な笑みを浮かべて応えた。邪さの欠片も漏らさずに。ただ頭の中では、大きな2つの胸の感触でいっぱいになっていた。ご無沙汰過ぎたんだよ、だって。

「……ジトー」

「はっ」

兎羽が獲物を見る蛇のような視線で俺を見ていた。余りの冷たさに血が凍る。

「あら？　大吾さん、顔が真っ青ですわ？　お風邪でも引いたのかしら」

「なっ」

フェイさんは俺の後頭部に触れるとそのまま引き寄せて、額と額を合わせて熱を測り始めた。バニラのような甘い匂いが鼻腔をくすぐる。鼻と鼻が触れ合うほどの距離。

「ちょっと、熱いかも？」

「ま、マジで大丈夫ですから⁉」

何だこの天然隙だらけお姉さんは。よく見たらシャツのボタンが外れてブラが見えそうになってるし、未だに体が密着したままだから柔らかい感触がエグいんですけど。

「見て下サイ兎羽ちゃん。ダイゴのマングースがムクムクと立ち上がって」

「…………ジト――――」

兎羽が仇敵を睨むハブのような視線で俺を見ていた。自然界だったらたぶん殺されていたので、バックステップでフェイさんから距離を取る。

「そうだ。今日は夕飯も私が作りましょうか？」

フェイさんが笑って提案する。兎羽は殺気をお腹の中に仕舞って、ヘラっと笑った。

「あ、今日は良いかな。この後、みぃと遊びに行くから」

「あら。そうでしたの」

フェイさんは残念そうに呟く。

「だったら大吾さん、2人で食事しますか？　積もる話もありますし」

兎羽がニコニコしながら、俺の服の裾をぎゅーっと握っていた。……ヤキモチをしているんだろうか？　俺としては、嫁の育ての母親と一度ゆっくり話してみたい気持ちもあるけど。

「すんません、俺もちょっとこの後用事あるんで」

俺の裾を握る兎羽の手を、出来るだけ優しくぎゅっと握る。

「……」

気取られないように涼しい顔をしながら、少しだけ鼻の先を赤くして、視線を逸らしている兎羽の事が、可愛くてたまらない昼下がりの事だった。

引っ越しの作業も大体終わって、夕方になっていた。兎羽や獅子乃ちゃんの荷物が、明日の午前中に彼女らの実家から運ばれてくる筈だ。新しい生活が、これから始まる。

(あかねと離婚して、メゾン・ド・シャンハイに転がり込んで――)

一時期は本当にお先真っ暗だと思って、誰も居ない映画館でエンドロールだけを見つめているような気分で過ごしていた。けれどこれからは、新しい人生が始まるんだ。

俺の宇宙一大事な人との、幸せな生活が――

「ただいま戻りました。……あ、だいくん？」

「おかえり、しぃちゃん」

帰ってきた真っ白の髪の少女に、いつものように彼女の頬にキスをしようとした。

「ぴにゃっ」

「……あれ」

顔を真っ赤にして固まる彼女を見て、いつもと違う事にやっと気が付く。待て。落ち着け。俺は何を考えてるんだ？　何で俺は嫁の妹の獅子乃ちゃんにキスしようとしてるんだ？

（だって、『だいくん』だなんて俺を呼ぶのは――）

俺の相棒。俺の愛する人。ドライバーの千子獅子乃。

（いや、違うだろ）

だって、俺って今もレーサーなんだっけ？

「ご、ごめんっ」

俺は肉薄した獅子乃ちゃんの体から、一瞬で飛び退いた。馬鹿か俺は!? 何してんだ!?

「……いえ。別に。問題ありません」

いや、無いわけじゃ無いだろ。とは思いつつも、そう言ってくれるのはありがたい。彼女は前髪を弄りながら視線を逸らした。名残雪のように、微かな頰の赤みを浮かべながら。

「わかります。前世の時の癖ですよね？ 私も大吾さんの事、昔の呼び方しちゃったし」

彼女は俺を『だいくん』と呼んだ。それだけで、あの頃の記憶――感情が間欠泉のように湧き出てしまっていた。思わず彼女にキスするのが普通だと勘違いしてしまうほどに。

「……獅子乃ちゃんもレーサーの時の事、思い出したの？」

「『見た』わけでは無いのですけれど。何となく、少しずつ、思い出してきて」

彼女は顔を赤くして、視線を逸らした。そうか、獅子乃ちゃんも思い出してきたのか、俺と彼女が恋人同士で、暇さえあればイチャイチャしていたあの頃の事を。

「お互い、気をつけないとですね」

獅子乃ちゃんは小さく笑った。大人のような笑みだった。それを少し寂しいと思ってしまうのは、酷く傲慢で罪深い事だなと思った。でも俺と彼女は、それを抱えて生きていくしかないのだろう。強い絆と、どうしようもない感傷を胸に抱きながら。

「あ、獅子乃ちゃん帰ってきたのデスね！」

リンゲイトが玄関で話している俺たちを見つけて、いたずらっぽく笑う。

「獅子乃ちゃんにもバラさなければ！　大吾のが巨大なマングース並のサイズで、恐ろしく凶暴なじゃじゃ馬だと言うことを――！」

「おめえは中学生女子に何を吹き込むつもりなんだよ⁉」

獅子乃ちゃんはキョトンとしていた。頭の回転が速い彼女は少しリンゲイトの言葉を咀嚼すると、夏の氷のように涼し気な表情を浮かべる。

「マングース？　いえ。小さめのオコジョぐらいで可愛いと思いますけど」

※マングース……体長25～37センチメートル。
オコジョ……体長16～33センチメートル。

「……へ」

リンゲイトは顔を真っ赤にして固まった。獅子乃ちゃんはくすくす笑う。

「なんちゃって。冗談です」

「でで、デスヨネー！」

流石獅子乃ちゃん。ただの耳年増で経験ゼロなおぼこいリンゲイトごときでは、獅子乃ちゃんの氷の牙城を崩すことは出来ないのだ。人間としての強さが違う。

（てか何で正しいサイズ知ってんだよ）

……前世か。きっと、前世なんだろうなあ。

もうすっかり空は暗くなっていた。この辺りは海が近いので11月とは言え潮風混じりの空気は肌寒い。関内まで歩いて行くことも考えたが、未だ足は全快とは言い難い。ケチらずに石川町から電車に乗って関内に向かおう。

（兎羽も獅子乃ちゃんも心配してたみたいだけど）

俺はどうも昔から生傷が多くて、骨を折ったのも数度じゃきかない。特にバンド時代なんて無理した方が面白いと思ってたからMVの撮影中にビルから飛び降りて足を折るとかしてた。要はただの馬鹿な若気の至りである。そんな訳で、2人から心配されると何だか大げさな気がしてムズムズとしてしまう。それは嬉しいムズムズなんだけどさ。

「もう、社長たち居るかな？」

いつものバー。『ウォーターシップ・ダウン』。土曜日の野毛は流石に人の通りが多く、大学生やカップルたちが楽しそうに歩くのを後目に、俺はバーの扉をくぐった。

「どうも、御堂さん」

オールバックで洒落たサングラスを掛けた浅黒い肌の男——工藤刃氏と、長めの髪を瀟洒に垂らしたアイドル顔負けの顔面をした男——『社長』こと玉ノ井昌克氏が並んで座っていた。

もう2人は先に始めていたらしい。酒を飲みながらマスター特製の焼いたエリンギに生ハムを巻いた物をちびちびと食べている。何だそれめっちゃうまそうだな。

「2人、何の話してたんスか？」

「そりゃあ、先ずは自己紹介ですよ。今日の主催者が居ないもんだから」

俺は先日の『今度飲みましょう』という工藤氏との約束を果たそうとしていた。最初にサシ飲みというのも何なので、多分話が合う気がした社長も呼んだのだ。

「今日は呼んでくれてありがとう、御堂くん。何分僕は友達が少ないからね。こうして他人と会話をする社会的な機会はそれなりに貴重だ。……しかし良かったのかい？」

工藤氏はウイスキーのロックを舐めながら呟いた。

「キミ、新婚だろう？　それなのに嫁を置いて飲みに来て」

「今日は兎羽も友達と会ってるんです」

「そうかい、良かった。……僕は誰より君たちの仲を案じて居るからね」

工藤さん、千子家の弁護士だもんなあ。きっと兎羽と俺が離婚とかになったら、弁護士として仕事をするハメになるのも彼なんだろう。絶対イヤだろうな、この人……。

今日は社長は日本酒を飲んでいるようだった。相変わらずのウワバミなので、この人とペースを合わせると偉い事になる。自分を律する事が大事だ。社長は呟いた。

「実際どうなんですか、大吾さんの新婚生活」

「どう、とは」

「幸せしてるんですか。毎日朝目が醒めたら愛する人を一番に見るの、どんな気分です？」

この人、完全に出来上がってるな。社長は基本紳士な人なのでここまで直接的なのも珍しい。

（しかも毎日朝目が醒めても愛する人を一番に見てないし）

ぜんっぜん変わらん、独身時代と。一人で寝て一人で起きてるよ。

「……キスって、どうやってするんでしたっけ」

代わりに俺は現状最大の悩みを尋ねた。社長はキョトンとして、工藤氏は眉を顰める。

「もしかして、まだ？」

「まだっす。うちの嫁、ガードが堅すぎて」

社長が大変嬉しそうにニッコリと笑った。やかましいよ、顔が。

「ええ、ええ、笑って下さいよ。なにせこちとら前妻と別れて1年半、デートらしい事すらしてないですからね。前妻との初キスなんてそれこそ何年前だって感じだし」

「大吾さん、周りに女性とか結構居るでしょ。サッパリだったんですか？」

周りの女性って、それシーハンとリンゲイトだし。手を出せるわけもない。

「兎羽にロマンチックなキスを約束しちゃったんです。どうしたら良いんだろ俺」

「キス、ね」

工藤氏が呟いて、ふぅと息を吐く。

「人間って奴は理性的に進化したように見えて、結局は宗教的な動物なんだろうね。キスだなんてその最たる例だ。余りに動物的で抽象的に過ぎる。フェネックや象なんかもキスで親愛を表すと言うが、要は動物の習性の1つに過ぎないんだよ。キスだなんてサバンナモンキーが異性に真っ青な金玉を見せるのとおんなじさ。そんなのに後付けでロマンだどうのと語るのは、僕には理解できにくい感情だ。しかし僕も社会的な人間であるからして、同種の生物に相談を持ちかけられたとあらば社会的な態度で応えるべきだろう」

工藤氏は俺の肩をポンと叩いた。

「大変だったね、御堂さん。同情するよ」

見せかけだけの共感を示された。なんて人間の解像度が低い人なんだろう。

「……工藤さんって一時期、彼女さん居たんですよね？　そんなんなのに？」

俺が尋ねると、工藤氏はたっぷり30秒程考えてから。

「僕はこれでも、ポジティブな人間でね」

そんなわけない、と俺はツッコミそうになった。

「確かに僕たちは本質的において、エントロピーを増大させるための分子の羅列に過ぎない。意味も価値も無いんだよ。それはあらゆる議論において念頭に置いておくべき事だ」

だが、と彼は続ける。

「僕は同時に、物事を無根拠に否定はしたくないと思うのさ。どれだけ理性的・合理的に考えて下らないと断じられたとしてもね。他人や社会という物に歩み寄ろう、という気概はあるんだ。恋人を作ってみたのもその運動の一環に過ぎない。社会の言う恋愛という物を知ろうと思ったんだ。僕は割りと知的好奇心は強い方のようでね」

工藤氏のいつもの恐ろしい演説を聞いて、社長の顔は青ざめていた。

「恋をするってだけで、ここまで特殊な理屈が必要になるだなんて」

「おかしな事かな？　玉ノ井さん。では聞きたいが、あなたが恋愛をする理由は？」

社長は改めて尋ねられて、少し恥ずかしそうに笑いつつも、真正面から答える。

「私は余り自分が好きではないんです」

「つまり自己肯定か。幼稚な児戯だね」

「そうですね。私は他人から認められたり、愛された時、ほんの少しでも自分が完璧な……いや、違うな……自分の存在が『良い』物なのだと、肯定された気持ちになるんです。生きるって不安定なことでしょう？　……私は結局、自分を信じてみたいんだと思います」

本当にまっすぐに、茶化すことさえなく、社長は真摯な言葉を並べていた。こういう所、素敵で不思議な人間だなと思う。こんなに正直で真面目な人はそう居ない。

工藤氏がへんてこな人間であるように、社長もまたへんてこな人間なのだ。

「とは言え普通に性欲もありますけどね。あはは。寧ろそっちの理由の方が強いかな」

「子供を作りたい、とかは無いのかい？」

「そっち方面はサッパリですね。私は余り……——」

何かを口走りかけて、社長は口を噤んでから日本酒を一口飲んだ。あははと笑って、マスターにまた別の日本酒を頼んでいる。きっとこれ以上話したくは無かったのだろう。それなりに不器用な人なのだ。外面が良すぎて霞んでいるだけで。

「でもこれでも私も最近、いずれ結婚はしたいなと思いはじめてましてね？」

「え、そうなんすか」

俺は驚愕した。この万年女ひっかえとっかえ男が？　別に浮気したとかじゃなくて、純粋に交際が長続きしなくて、別れては新しい彼女を作っているこの人が？（顔と性格だけは良いので、恐ろしいほどにモテるのだ！　しかしそれ以外は酷いのですぐ幻想が醒めるのだ！）

「——誰かに死ぬまで愛される。それに憧れはありますからね」

社長の言葉を聞いた工藤氏が感心したように呟く。

「奇遇だね。僕もいずれしたいと思ってたんだよ」

そんなの嘘だ。と思わずツッコミかけた。だってあんだけ結婚をボロクソ言っといて。

「いや、そりゃあ結婚という制度自体には反対だ。子作りやら恋愛だなんてのは甚だ気味が悪い。だが分業やリスク分散という観点から見ると、他人と極小のコミュニティを作るという事自体にはそれなりの意味がある。多くの動物が群れで行動するのと同じようにね」

つまり結婚相手と言うより、パートナーみたいな関係の人が欲しいという事だろうか？　恋愛を気味が悪いとまで吐き捨てる御仁に合う相棒はこの地球上に居るのだろうか。いや、70億人も人類ってやつは居るわけだしな。きっと、2、3人は居るのかもしれない。

「おー。ではこれも折角の縁ですし、私たちでクラブ作りましょうか」

社長が変なことを言い始めた。

「――名付けて『婚活クラブ』。どうですか？」

俺と工藤氏が首をひねると、社長は上機嫌に続ける。

「婚活クラブ。偶にこうしてお酒を飲んで、愚痴ったり、有用な情報交換をしたりするんです。皆で婚活パーティに行っても良いし。あはは。結構面白そうじゃないですか？」

「なるほど。僕はかまわないよ。情報交換か、それは非常に助かるしね。僕はどうも世間に疎いところがあるから、玉ノ井さんや御堂さんの話は役に立ちそうだ」

俺は思わず制止をかける。

「何で俺も仲間内に数えられてンすか婚活クラブ。こちとらバキバキ既婚者なんですけど」

「キスもしてないおままごとみたいな関係、まだほぼ婚活ですよね」

「急に刺すのやめて下さい」

工藤氏が案外やる気なのが意外だ。否定しないと語っていたが、それが理由なのだろうか？

「では今日から『婚活クラブ』始動ですね！」

「じゃあ婚活クラブ最初の活動として、俺のさっきの議題を取り上げてくださいよ。嫁とロマンチックな初キスしたいんだけどどうしたら良い？　ってやつ」

社長は少し考えてから答える。

「夜景……でも……見る……？」

顔と性格が良すぎるだけでモテてきた男の恋愛観はガタガタだった。

■

今日は日曜日！　元不登校児の私にとっては癒やしの一日。

「あら？　お姉さま、随分と張り切ってるのね」

寝起きで髪をセットしていた私を見て（しぃしぃは毎朝5時には起きるのでとっくの昔に身嗜みを整えていた）、小さく笑った。私はむんずと息を吐く。

「今日は決戦の日なんだよ！」

所謂デートデイである。大吾クンとキスしようと言われている日である。彼がロマンチックで最高なファーストキスをしてくれると約束してくれた日である。うおおおお！

（今思うと凄い男気だな私の旦那！）

普通そんな重い期待背負えないもん。好き。……はぁ――っ♡　好き♡　好き♡　好き♡

「まぁ良いのですけれど。そろそろ私の部屋から出ていってくれるんでしょうね」

「うっ」

私はメゾン・ド・シャンハイのしぃしぃの部屋で未だに暮らしているのだった。今日、口寄せ館の方に私たちの荷物が届いて、明日には本格的に引っ越すのだけれど……。

「が、がんばる」

しぃしぃは「あら」と驚いていた。今まで逃げ通しだった私が決意を固めたのが意外だったのだろう。ていうか私、姉として情けない姿を見せすぎである。

（大吾クンも頑張ってくれてるんだし、私も頑張らないと！）

夫婦って対等な物だからね。

「しぃしぃ、私、今日から大吾クンの部屋で寝るから」

「はいはい」

「ちょっとは信じてよ!?」

つまり所謂背水の陣。今日私は大吾クンと『キス』をする。それがクエストレベル1。だからクエストレベル2――『同衾』は私が頑張らないとじゃない？

(今から心臓バクバクで雑魚過ぎる心に我ながら震えるけど)

「しぃしぃ、1つ聞いて良いかな」

「なに？」

「私の寝相って酷い？　イビキとか掻く？　寝顔ブサイク？　汗とか変な匂いしない？　髪の毛ボサボサになってる？　寝化粧とかもっと頑張った方が良い？」

「乙女の恐怖は分かるけど、質問は1つって話じゃなかった？」

しぃしぃは呆れつつも、小さく笑った。

「好きな人の前では、いつも1番の自分で居たいものね」

「そ、そう！　そうなんだよぅ」

世界で一番可愛い女の子なんだって信じてほしいの。ほんの少しでもブスだなんて感じてほしくないの。我ながら笑ってしまうぐらいに子供じみていて馬鹿げてるけどさ。

「でも、好きな人の欠点って可愛く見えるモノだから」

「えっ」

「私が大吾さんだったら、見たいけれどね。お姉さまの駄目なとこ」

その余りに大人びた表情に、私は戸惑う。いつのまにそんなことが言えるような女の子に育ったというのだろう？　私は彼女の一番隣にずっと居たけれど、知らない表情だった。

(まるで、恋に慣れ親しんだ婦女子のように)

或いはそれは大吾くんとしぃしぃが言う『前世』というやつなのだろうか？


「点呼はじめ！　いち！」

「に！」

「全員いるね。それじゃあヒトマルマルマルより作戦を開始する！」

メゾン・ド・シャンハイの前で私がそう言うと、大吾くんがびしっと敬礼をした。

(……髪も可愛くセット出来たし、お洋服も彼が好きそうなの着てきた)

言っちゃあ何だが私は見てくれだけは最強美少女なので、ここまでは満点の筈だ。

(しかし微妙に寒いかもしれない。もっと厚着するべきだったかしらん……)

でも我慢はお洒落と言いますし。でも寒かったら大変だし。うーん。

「兎羽」

「なに？」

「今日も可愛い。……てか、いつもより可愛い」

そんな風に言われちゃったら。

「……うん」

私は軽口の1つさえ返せずに、ただ顔を真っ赤にしてそっぽを向く。

(大吾くんだって、かっこいいよ)

なんて心の底から思っていても私は恥ずかしくて声に出せないのに、どうして彼はちゃんと真っ直ぐ目を見て言葉に出来るんだろう。そんなん言われたら、今更厚着しに戻れない。

「それじゃ行こっか」

彼は呟いて、私の手を握った。暖かい。胸がぽわぽわとなりかけて、はたと気が付いた。

「ほわちゃあっ（蟷螂拳）」

「いでっ。何すんだよ急にっ!?」

「大吾クン、何リードしようとしてんの！」

「……と言いますと？」

蟷螂拳の構えを崩さないまま、彼を眼光鋭く睨みつけた。

「私はね、三歩後ろをしゃなりと歩く大和撫子的なタイプじゃないんだよ。お姫様なの。最強ってわけ。プライドがあるんだ。そうおいそれと誰かにリードを付けられたりしないのさ」

「……小型犬ほど虚勢を張るみたいな原理？」

なんかメチャメチャ失礼で的を射た事を言われた気がしたけどややこしくなるのでスルー。

「リードするのは、私だからね！」

「なるほど。俺は全然構わないけど」

「構ってよ！　それで戦いの果てにどっちが強いかを決めようよ！　それが恋愛でしょ!?」

「違ぇわ。どこで身につけたんだ、その修羅の恋愛観」

なんか大吾くんの巨大な包容力で私のややこしさをぬるっと抱きしめられてしまったので、変な引き下がりの悪さを見せてしまったのでした。ぐぬぬ……。

「じゃあ兎羽、リードしてくれる？」

「任せて！」

私は大吾くんの手をぎゅっと握って、ぐっと引っ張った。

(あれ、この構図って正に小型犬が飼い主を引っ張る構図なのでわ？)

今更気づいて恥ずかしかったけど、今更言えないのが私なのでした。


さて、ロマンチックなデートという事で私たちが最初にどこに行くかと言ったら——

「……何でヨドバシカメラに居るの私たち」

真っ白で清潔な明るい店内！　愛想の良い店員さんたちと、見やすいポップ！　分かりやすくディスプレイされた最新家電の数々！　そうここは横浜駅西口のヨドバシカメラ！

「だって兎羽。新生活を前に、家電とか色々揃えたくない？」

「そ、それはそうなんだけど……！」

でもデートって言ったら、違うじゃん！　ヨドバシカメラじゃないじゃん！　何なら対極の位置に存在してない？　ロマンチックとヨドバシカメラ。あ、でも字面は微妙に似てる！

（あとヨドバシカメラで手を繋いでるのはしゃいでるみたいでめっちゃ恥ずいし！）

山下公園とか中華街はデートスポットなので周りのカップルも皆手を繋いでて、全然目立たないのに。そうか、だからカップルは同じとこに集まるんだな。知見を得ました。

「まあ見てみ兎羽。ほら冷蔵庫、どれが良い？」

「冷蔵庫とかどれでも良いよう……うわ何これ、両側から開けられるんだけど!?」

私は好奇心剥き出しで、兵馬俑のように並べられた圧倒的冷蔵庫の群れを物色し始めるのでした。なんて凄まじい企業努力の結晶でしょう。それらは全てが独創的な個性の塊で、美しさすら覚えます。真空チルドルーム、って何だろ？　バトル漫画の能力名みたいだけど。

「兎羽。コーヒーメーカーとかあるよ」

「おー。お洒落なやつもいっぱいあるんだね」

「これ買ってさ。毎朝コーヒーでも飲みながらゆっくりする時間とか欲しくない？」

何だそれは。良すぎるな。朝と言えば人生において下り坂の時間です。気持ち良いねんねから目覚めて面倒臭い学校のために準備して大慌てでバタバタした時間帯。

けれどそこにコーヒーメーカーがあれば、毎朝大吾くんがコーヒーを淹れてくれて低血圧の私でも目覚めすっきり。2人でサンドイッチでも食べながら優雅に朝を過ごして……彼が出勤する時には、いってきますのちゅーなんかしちゃったりして……。いちゃいちゃ……。

「私たちにはこれが絶対に必要です」

「急に凄いな圧が」

「朝はコーヒーとサンドイッチなんだよ」

「だったらあっちには確か、ホットサンドメーカーがあった筈」

「なんですと⁉」

家電や便利グッズを見るたびに『カレと一緒にどう使おうかしら……』的な妄想が頭の中で繰り広げられて、なんというか非常に期待が高まるのです。らぶが貯まる。これは。

例えばホットプレートを見たら大吾クンとたこ焼きとか焼いてみたいなあとか思うし、電気毛布を見たら大吾クンと夜中2人でこれに包まって映画とかくっついて見たいなあって思うし、フォトスタンドを見たらこれに2人の思い出を飾りたいなあとか思ってしまう。

(フォトスタンド、ですって！)

そんなの私、人生で一度も欲しいとか思ったことないのに！　だってスマホで良いじゃん！　自分の写真なんて見て何が楽しいわけ？　って。でも違う。彼と私の写真。飾っておきたい。

「ぐぬぬ……」

「どして兎羽は悔しそうな顔してんの」

「私って十人並みなんだなって思って」

「ふむ」

「私、結構自分の事特別だと思ってきた方なの！　だって性格もひねくれてるし。変な子、じゃん。通信簿にも大体個性を抑えてって書かれてきたしさ！　それなのに、こんな普通で在り来たりな欲望剝き出しにしてさ。今までの孤独な私は何だったわけ？」

普通に誰かを好きになって。普通に誰かと家庭を築いて。冷蔵庫は広い方が良いかな、とか。テレビはＹｏｕＴｕｂｅとかも見れるやつにしたいな。とか、そんな些末な幸福を願ってしまう。あれ？　私ってもっと不思議ちゃんみたいなツラしてなかったですか？　つって。

「あはは」

彼は少し困ったように笑った。私は、まずいと気がつく。だってこんな個人的で内省的な感情、他人には理解出来ない物なのだ。私の敢えて見せびらかして自虐する露悪的な癖は、余り社会に許容されないのだ。だから少しだけ後悔しかけて――

「……でもまあ、両方とも兎羽じゃん」

彼は呟いて、私の手をぎゅっと握った。そうか、この人は冗談で受け流したり、怪訝な目を私に向けたりしない。ちゃんと理解しようとしてくれるし、寄り添ってくれる。そしてやっぱりそもそも、私と彼は近い所に居るんだろう。彼の表情でそれがどこまでも分かってしまう。

（……好き～～～～～～～～～～～っっっ。好き♡　好き♡　好き♡　なんでこんなにかっこいいのこの人。まじムリムリのムリ。だいしゅきだいしゅきだいしゅき～～っ♡）

あぁ、そうだ。私は彼のこういう所が好きなんです。不良に絡まれたところを助けて貰ったとか、小さな頃に結婚の約束をしてたとかじゃない。彼の不器用な優しさが好き。彼は私の側に居てくれるから。だから、あなたと恋に堕ちたんです。

（なるほど。ヨドバシデート。これは）

……だいぶ、ロマンチックかも。なんて。ちょっぴり1人で。思ったり。

■

「――獅子乃さま？」

私は名前を呼ばれて、思わずビクリと震えてしまう。

「な、何ですか。フェイさん」

「いえ。だって。随分ぼーっとしているものですから」

私は引っ越しの荷物整理をしていました。昨日は北陸に行っていてお姉さまと大吾さんにお任せしていたので、今日は私がしっかり働かないといけません。……なのですが。

（ふたりとも、今、何しているのかしら）

お姉さまは息巻いていました。『今日はキスをするのだ』と。そして続けて『今日から大吾クンと一緒に寝る』のだと。確かにそう、語っていたのです。

（大吾さんが、お姉さまと、キス）

今だってきっと、手でも繋いで仲良く歩いて。その上、キス。……キス？

その場面を思い浮かべるだけで私のお腹は痛くなって、泣いてしまいそうな気持ちになる。

（ばか。私。しっかりしろ。最初からそういう作戦だったでしょ）

お姉さまと大吾さんを見守りながら、機会を待つ。２人は新婚のうちは幸せいっぱいかもしれないけれど、きっといつか破綻する。その時に私は彼を支えて、私無しではダメにする。

我ながら完璧な作戦。『幸せいっぱいの新婚の２人』を見守る辛さを視界に入れなければ。

（……キス）

私は彼と唇を合わせた夜を思い出す。自分の唇をなぞって、懸命に彼の感触を想起する。彼の妹以外の何者でも無い惨めな私は、こうして自分を慰める事以外は出来ません。

「フェイさん。キスってしたことあります？」

「ぴゃっ。な、何ですの急に」

「だって、ほら」

私はテレビを指さした。バラエティ番組の『はじめてのキス特集』とやらを芸人さんたちが懸命にレポートしている。フェイさんはちょっとだけ恥ずかしそうにしてから。

「……ナイショですわ」

「あるんだ」

「だ、だからあ」

少し意外だ。この人は若い頃からうちの屋敷に居て、ずっと私たちと暮らしていたから。その間、浮いた話なんて聞いたことなかったのに。

「……皆にはぜーったいにナイショにしてくれますか？」

「はい」

彼女は小さくため息を吐く。

「十年ぐらい前ですわ。男の子に、懐かれちゃって」

「男の子？」

「……高校生だったの」

まあ、それはなんとも。フェイさんって確か今、30いくつとかだから……。

「でも私はお仕事も忙しかったですし。断り続けて」

「うんうん」

「それでもぐいぐい来られるものだから……その……」

私たちのお母さんの顔が、ただの少女のように。頬を微かに赤らめながら呟いた。

「君が大人になって覚えていたら、迎えに来て。って」

「……へえ」

「それでね。代わりに。キスだけしてあげたの。唇に、そっとですよ？」

ドキドキしちゃう話なのでした。なんだかロマンチック。

「そういえば確かに10年前ぐらい、フェイさん急にコンタクトに変えたような。それに、ダイエットとかもしてましたよね？　大体昔は執事服着てたのに、いつのまにかメイドさんに」

フェイさんは恥ずかしそうに唇を尖らせます。

「ち、違いますわ。それは……ただ、なんとなく……」

「……彼にもう一度会った時、かわいい自分で居たかったんですね」

私がからかうように笑うと、彼女はあわあわと慌てた。それがまた可愛くて、笑ってしまう。

「でも……終わったことですわ。だって彼は、私を忘れてしまったみたいだから」

彼女は笑う。大人の女性の、綺麗な笑みで。私は少しの間、見惚れてしまった。

「でもフェイさん。その子とはどこでお知り合いに？　ずっとお屋敷に入り浸りだったのに」

「ああ、それは……」

フェイさんは、自分の胸に手を当てた。まるで大切な思い出を撫でるみたいに。

「――昔、兎羽お嬢様が家出した時、連れ帰ってくれた男の子なの」

何だかステキな話だなあ、と思います。きっと心の温かい、優しい人だったのでしょう。だってフェイさんは慈しむような表情でその人の話をするものだから。

「その人とは、結局、会えなかったんですか？」

「……いいえ。その後、再会はできましたの」

けれど、今彼女のとなりに居ないということは、そういうことなのでしょう。困ったような彼女の表情を見て、私はそれ以上尋ねるのをやめる。またいつか、話してくれるといいな。

「あら？　これ、大吾さんの荷物ですわ？」

不意にフェイさんが呟く。私の荷物のダンボールに、彼のものが混じっていたようです。

「あ、じゃあ。あっちの部屋に運んじゃいますね」

私はダンボールを手に持つと、フェイさんに背を向けて、彼の部屋を目指す。彼の部屋、なんて言っても、雑多に荷物が置かれているだけです。……お姉さまと大吾さんの、２人分の荷物が。なんていけないことを考えて、私は首をぶんぶんと振る。

（あら、ダンボール。倒れてる）

彼の部屋の中で、荷物が溢れて散乱しています。私は片付けようと中腰になる。

（……あ）

――それは、大吾さんの肌着で。

「……っ」

どくん、と心臓が血流を放出する感覚を覚えた。

（そんな事、しちゃ駄目。……そんな、みっともないコト）

理性が必死に足止めしようとするのに、私は彼のシャツを宝物みたいに握ると、胸に抱いて、鼻を埋めた。彼の匂い。彼の匂い。彼の匂い。私の記憶と全く同じの優しい匂い。

（……ああ、私って。こんなにも。どうしようもなく）

――女なんだな。

■

ヨドバシから出た俺たちは、若者たちの聖地・横浜ビブレ……の6階にある新生活の聖地・ニトリへとやってきていた。ロマンチックさは無いのだけれど、ニトリは品質・値段・品揃えどれを取っても文句が無い、家具屋の王者だ。

「大吾クン。ソファーあるよ。ソファー。って6万円だって！　うわやっす！」

「……庶民の俺からすると、それでも結構するなと思っちゃうんだけど」

「大吾クン大吾クン」

兎羽はソファーに座って、こっちにおいでおいでをしていた。隣に座る。

「ふうむ？　なるほど？　こういう感じね？　へえー」

俺の隣でもぞもぞしながら、兎羽はソファーの座り具合を確かめていた。俺に寄りかかったかと思ったら、すぐに無の表情で離れる。甘えるのが下手なのに、懐いてる猫のようだ。

「……もうちょっと、柔らかい材質の方が良いかな？」

「お。兎羽、結構ソファーにこだわりあるんだ」

「だ、だって。寝る前とか。テレビ見ながらさ。スマホとか弄りながら、こうして……ね？　くっついて……少しスリスリしたりとか……あ。こ、こら……そっちからしちゃだめ……」

なるほど。言いたいことはわかった。ソファーはいちゃつく拠点になりがちという話だ。

「確かに座り心地大事かも」

「でしょ？」

「押し倒した時、寝心地悪いと困るし」

「ぴにゃ」

俺の本音が一瞬漏れて、兎羽が一瞬で飛び退いた。

「……警戒し過ぎでは？」

「……大吾クンが悪いと思います」

言うて、夫婦だからね俺たち。

「と、とにかくソファーが重要なの。あと、3人がけの方が良いかな」

「広い方が良いんだ？」

「え？　だってしぃしぃも居るから」

そういうことか。兎羽にとって、獅子乃ちゃんって本当に大切な存在なんだな。家族っていうのもあるだろうけれど、時折まるで自分の片割れのように扱う事がある。

（そして、それがめちゃめちゃ嬉しい俺……）

彼女を大切にしてくれる人が居る事がものすごく嬉しい。

「そんじゃ次はベッドを見にいくかー」

俺が言うと、兎羽はお散歩から帰るのを嫌がる柴犬のようにソファーに座り込んだ。

「……大吾クンが、またがっついてる」

「またちゃうわい」

え、だって必要だろ。ベッド。いやまあ、メゾン・ド・シャンハイで使ってたせんべい布団持っていっても良いけど、お嬢の兎羽には辛いかなって。いずれベッドは必要かなって。

「な、なんか露骨に誘われちゃうとちょっとびっくりしちゃうんですけど。もっと上手にさり気なく誘ってほしかったなって。うん。何ていうか、流れで？　みたいな？」

兎羽はてれてれとしていた。だからベッド選びだっつってんじゃん。そんな本番の時の反応されても困るんですけど。相変わらずの難易度高すぎ女子である。

「おっけわかった。じゃあもっと上手にベッド（選び）に誘うわ」

「え？　やったあ。やってやって」

俺はこほんと咳をする。

「──ご一緒していただけますか？　お姫様」

「ぷはっ」

兎羽は吹き出してお腹を抱えて笑っていた。いやそれも失礼な話だな。良いけど。別に良いけど。笑わせるためにやったわけだし。でも何だろねこの敗北感。

「ほらもう行くよ兎羽ー」

「もっかい！　今のもっかいやって！　ねえ、大吾くぅーん」

■

『ご一緒していただけますか？　お姫様』のギャグ（失礼）に爆笑半分、本気で萌えたの半分だったのだけれど、彼はどこまで気づいてくれたんだろうか？

（あんなんでキュンキュンしたと知れたら末代までの恥だよ！）

大吾クンはやっぱ元々バンドとかしてた人なので、緊張を解したり笑わせたりするのにしょーもない事言うのが結構上手だ（面白くはないです）。その度に私は転がされている感じがするのだけれど、まあお姫様のように傅かれていると思えば気分は悪くない。

（あー。でも大吾クンのこういうとこ、モテるんだろうなー）

とか思うと、私の恋愛童貞の部分が疼く疼く。そりゃそうだ。元バンドマンだもん。メラっと焼き餅がこんがり焦げて、彼を動揺させたくなってしまう。

「お、このベッドかなり良いかも。ちょっと硬めかな？」

ベッドの寝心地を試しているうちの旦那。私はその隣にぼすんと寝転びます。

「なっ」

「……あ。ほんとだ。これ丁度良いかもね」

嘘です。寝心地とか全然分かんないです。ただ平静を装って、彼の表情をジーっと見つめるのに必死です。彼は分かりやすく動揺して、視線が泳ぐ。なんだ、ちょろいじゃん。

「大吾クン、照れてるね」

「……急で驚いただけだけど」

あ、可愛いな。大吾クンが私をイジメたくなるわけだ。可愛くて食べちゃいたくなるもん。

「私の勝ち？」

「勝ち負けじゃないから」

ベッドに横たわって、お互いの瞳を見つめる。ほんのりと流れていたニトリのＢＧＭが聞こえなくなるぐらいに、時が止まったような情動を覚える。

（やばいな）

大吾クン、私を抱きたいって顔してる。

（男の子って、こんなにわかりやすいんだ）

　それが可愛い。彼の欲望が手のひらにある事が。彼に求められる事が。私は彼をからかおうとした。

「大吾……くぅーん……♡」

　嘘でしょ？　今の、ほんとに私の声？　信じられないぐらいに媚びた甘い声。みっともない嬌声。はしたないなんてモンじゃない。カっと我に返る。

「こ、これ良いと思う。うん」

　ベッドから起き上がって、さっと立ち上がる。

　それから私たちは、お茶したり、軽くビブレを散策したりして普通のデートを楽しんだ。

（普通、と言う言葉は未だに馴染まないのだけれど）

　ドキドキして、居心地が良くて、楽しい。

　彼が私を見て小さく笑うたびに『ああ、好きだな』だなんて思う。それだけ。

「おっけー、ありがと。んー。もうそろそろ帰ると思う。じゃまた後で」

　私は、スマホの着信を切った。

「獅子乃ちゃん、なんって？」

「荷物の搬入終わって、今荷物解いてるって。リンゲイトさんが手伝ってくれてるみたい」

「……リンが？」

「うん。何で？」

「いや別に。なんかアイツ、最近ずっとうちに居るな。と思って」

ちょっと不思議そうにしながらも、まあ良いか。と彼は笑った。そう。今はそんな事良い。他の女の子の事なんて考えないで欲しい。私だけを見てて欲しい。

（ていうか夕飯食べてからなんか、超雰囲気いい場所に連れて来られたんですけど～⁉）

山下公園。カップルの聖地である。だって向こうの大きなお船の方に、めちゃめちゃ上手いサックス吹いてる人とか居たもの。静かで波の音が綺麗で、横浜の夜景がよく見えるもの。

（こ、こいつ、確実にキスをしに来てるな……！）

幾つもの恋人たちが愛をささやく小鳥のように、ベンチに座っては身を寄せ合っている。こんなん雰囲気が良すぎる。最早同調圧力の域だよ。いや、確かに求めてたものだけど！

（あうあうあうあうあうあうあうあうあう）

いざその時が近づいていると思うと、パニくって来るのが私である。もう既にここに来るまでに3回は歯を磨いたし20粒ぐらいタブレットを食べてお腹が緩くなっている。

「こっち」

大吾くんは私を、少し人通りの少ない場所へと導いていく。大桟橋の方から色鮮やかな光のアーチを横目に、真っ黒の海へと進んでいった。チラホラと釣りをしている人も見える。

「わぁ」

——その光景に、思わず私は息を吞む。

「ここ、俺がこの街で一番好きな場所なんだ」

防波堤、というのだろうか？　横浜の街にしては真っ暗で静かな、所謂穴場と言った感じの場所だ。人は少ない。象の鼻のように海に伸びた護岸からは、キラキラとした横浜の街が一層輝いて見えていた。名物の観覧車・コスモクロックが色鮮やかに煌めいている。

「……どっすか？　いい感じ？」

彼の声が上ずっているのがわかった。笑ってしまいそうになる。そっか。この人、一生懸命ロマンチックにしようと頑張ってるんだ。慣れてないくせに、私のために頑張ってる。

……その不器用さが、私の胸をキュンと締め付けるのも知らないくせに。

「綺麗」

「……兎羽の方が綺麗だヨ」

「あはは。今のは減点」

「な、なんだよお！」

だって古いメロドラマみたいなんだもの。ていうか照れ隠しじゃん、どう見ても。

(心臓が痛い。胸。きゅんきゅん。すごくて。鼓動、うるさい)

——私はきっと、これから世界一幸せなキスをする。

「兎羽。こっち来て」

「な、なんで」

「寒いんだろ。……ほら」

彼は不器用にコートを開いた。何だ。見抜かれてたのか。私は小さな女の子のように従順に、彼のお腹の側にくるまってしまう。暖かい。彼が私を背中から抱きしめる。

「……大吾クン。それで？」

「何？」

「それで。ここから。どうするの」

「……それ聞く？」

「だって。そんな、背中からぎゅーしたら。できないよ。キス」

駄目——と私は自分に言い聞かせる。だって、息が荒くなってる。そんなのバレたら駄目。彼がせっかくロマンチックに演出して、少女漫画みたいなファーストキスをしようとしてくれてるのに、私は発情して息を荒くしてるなんて。絶対に許されない。

(私はきっと、これから宇宙一幸せなキスをするんだから)

■

兎羽の細い体を、後ろから強く抱きしめていた。いつもふにゃふにゃ笑って強気の彼女は今は鍋でじっくりコトコト煮込んだ白菜のようにシナシナとしていて、すっかりしおらしくなっている。基本的に乙女な女の子なのだ。何故かそれを誰にも見せたくないだけで。

「兎羽。こっち見て」

「やだ」

「わがまま言わないよー」

「やだもん」

「どうしても？」

「どうしてもしたいなら」

蚊の鳴くような声で。

「むりやりしたらいいじゃん」

「……」

「私ビビリだから。すぐ逃げるから」

「うん」

「このまま捕まえて。奪えばいいよ」

「いいの？」

「だめ」

「どっち？」

「……どっちも」

どっちも。そうか。だったら。

「兎羽。キスするから」

「絶対だめ」

俺は彼女の顎を親指で支える。

「全然抵抗しないじゃん」

「してるもん」

嘘だ。

「目、閉じて」

「……はい」

彼女の体が強ばる。

「あ、でも」

「なに？」

「……キス顔、ブスだから見ないでほしい」

「うるさいよ」

「ふにゃっ」

彼女の唇を、口で塞いだ。

「ふー……ふー……」

兎羽は必死に鼻で息をする。

(兎羽の唇、柔らか……くはない)

だって必死に唇をぎゅっと一文字に結んでるからね。硬く、強張っている。

(でも、必死に俺の体を抱きしめてる)

そのアンバランスな求められ方が、兎羽らしい。複雑で一筋縄ではいかない女の子だから。

「兎羽。力抜いて」

「……はい」

彼女の頭を撫でると、段々と落ち着いてきたのか、強張りが溶ける。唇は柔らかい感触を取り戻して、彼女は小鳥が啄むようにキスを返してくれるようになる。

「好きだよ、兎羽」

「ばか」

「好き」

「ばか」

彼女は顔を真っ赤にして涙目になって俺を睨んでいた。何でファーストキスした後にキレてんだよ。わけわかんなすぎて笑ってしまう。そういう君が好きなんだよ。俺は。

「……もっかい言って？」

「なに？」

「さっき言ったやつ。もっかい言って」

キスをねだるような顔で目を閉じながら。

苦笑して、彼女の腰をぎゅっと抱きしめる。

「大好きだよ。しぃ――」

蒼い花が視界を掠めた。

「――兎羽」

彼女は笑う。

「……私も好きだぞ。大吾クン」

もう一度、彼女は俺にキスをねだる。

俺は彼女にキスをしながら、気がついていた。

（獅子乃ちゃん。今、きっと夢を見てるんだね）

何故だろう。それだけを、妙に鮮明に理解していた。

第5話　うさうさマシン猛レース——ライオン娘プリちーだ～びぃ

宇宙暦3721年。地球と言う星は最早無用の長物とされていました。

「人口124万人。人類生存可能区域・21%未満。平均年齢89歳。成長率は右肩下がり」

人類が産まれた星・地球。人類という生物は地球の資源を余すこと無く使い果たし、無限に続く宇宙のための足掛かりとしたのです。それはまるでかつて日本という国に存在したコブハサミムシという小さな虫が、産まれた瞬間に母親の体を食べ尽くしてしまうように。

「だからこそ、私たちには滅びゆく母星を護る義務があるんです。聞いてますか、だいくん」

私——千子獅子乃の彼氏と言うか恋人……パートナー……未だに何と呼べば良いのか悩むのですけれど、とにかくステディな関係の男性は殆ど全裸で目隠しをしたまま応えました。

「それよりしぃちゃん。どうしても目隠し取ったら駄目なの」

ちゃぷん、とお風呂のお湯が波を打つ。

「ぜったい」

だめ。だめに決まってます。大体何なんですか、この状況は。何で2人でお風呂なの。

「でもしぃちゃん、水着着てんでしょ」

「……着てるけど」

「じゃあ、良いじゃん」

良くない。だって大急ぎで市場で買ってきた安物だもん。全然かわいくないもん。彼にこんな花柄ワンピースの水着なんて絶対見られたくない。

……だって未だ、ちゃんと見せたこともないのにさ。

「わ、私が約束したのはお背中流してあげるって所までです。無理やりお湯に浸からせたのはだいくんじゃないですか。私は、あんなにイヤって言ったのに」

「……言ったっけ？　割りとノリノリだったような」

私は目隠しした彼と、お風呂に入っていたのです。私は水着を着て。彼はタオルだけを腰に巻いて。お湯が揺れるたびにタオルもふわふわと動いて、私は気が気ではありません。

「大体、だいくんは変です。女の子に興奮するなんて、昔の人みたい」

昔――人類が地球に暮らしていた頃は、人は他人に恋をしたそうです。異性や、或いは同性と恋をして、結婚だなんて制度もあったとか。所謂『性欲』と言われる物。それは人類が成熟するにつれて失われていきました。最早、人類は誰かに恋をしたりしないのです。

「言うて、しぃちゃんも好きでしょ」

「わ、私はあなたみたいな変態ではありません」

なんて強がりを言う私の手首を、彼は強引に掴みます。逃げようとしても逃げられない。私たちの時代では、性差で力の差異は無い。単純に彼の膂力が強いのだ。

「ぴにゃ」

「来て」

彼は水着の私を強引に引っ張ると、手探りで私の頭の後ろを優しく包む。そのまま優しい力で、顔が引き寄せられる。彼の口で、私の唇が塞がれた。

（——なんて、まるで被害者みたいな言い方）

視界の閉ざされた彼は何も見えてない。顔が近づいた時点で、唇と唇が重なるように調整をしたのは私だ。彼とキスしたかったのは私だ。頰をはしたなく朱色に染めながら。

「……だいくんのえっち」

彼は私の背中を撫でながら、唇で私のライオン耳を優しくなぞる。

私は背筋をゾクゾクとさせながら、彼の耳元で挑発するように囁いた。

「えっち。えっち。えっち……」

彼は優しく笑った。彼は私が抵抗しているようで、罵倒しているようで、本当はただ甘えているだけだと気がついているのだ。子猫が飼い主を甘がみするのとおんなじだ。

「俺、誰かを好きになったの、君が初めてだよ」

「……うん」

「初めてキスしたいって思った。凄いよ、キスなんて。歴史の教科書でしか見ない言葉だ」

「……私も」

彼が私に触れた場所が、初めて熱を覚えたように赤くなる。心臓はバクバクと激しく鳴いて、おへその下のところがきゅーっと締まって苦しいほどだ。これでも必死に自分を律している。

「好きだよ、しぃちゃん」

びくん、と背筋が跳ねるのを感じた。ただ彼にそう言われただけで、私の体は――魂が――喜んでしまう。どうしようもなく、彼に求められたいと想ってしまう。

「……私も。好きです」

私が彼の耳元で、掠れた声で、囁くように、必死に呟く。震えた私の惨めな声に、彼はぱっとヒマワリが咲いたような無邪気な笑顔を浮かべた。ああ、ほんと。この人は。

「それじゃ、そろそろ背中流してもらおうかな」

「……ホント、仕方がない人ですね」

「そうだ！　手を使わないってルールを追加するのはどうだろう！」

「ば、バカじゃないんですか⁉」

なんて悪魔的なルールでしょう。大体、手を使わないでどうやって背中を洗えと言うのでしょうか。私はたしかに『ライオン』ですが、しっぽは付いていません。せっけん泡をどこにつけて、彼の背中にこすりつけろと言っているのでしょうか。

「ばかばかばかばか」

「ごめんごめん。冗談だって」

「……別に」

「え？」

「別に、ばかだと思うだけ。それだけ。だから。……しないとは、言ってないですけど」

だいくんの表情は固まって、私はお風呂のお湯をざぶんと波立てる。

人工惑星『マリア・マキリン』は宇宙間を自由に航行する巨大な星だ。そのサイズは地球を遥かに凌ぎ、衛星軌道上に規則的に浮かぶポータル発生機によって移動する事も可能だ。巨大な惑星でありながら、巨大な宇宙船であり――そして宇宙最大の歓楽街でもある。

「黒の弁護士を27のコマに」

「ではクオリアを接続します」

だいくんがキラキラと余りに豪奢で目が光で眩みそうなカジノの中で、ルールも分からないギャンブルのテーブルに座って、クオリア接続の許可を出している。なんて無警戒な人なんでしょう。私はため息を吐きながら、彼を見守る。

「ぐおー！　負けたぁ！」

彼が遊んでいたのは『Life of You』という体験型のゲームで、ルーレットとカード、そして量子シミュレーターを使って、架空の人生を追体験し幸せな死を目指すという悪趣味な代物でした。多くの銀河系で違法になっている程に強い中毒性があるゲームです。

「だいくん、もう行きましょう」

「次こそは勝てる！　あの時第一志望の大学に入学していれば、明るい人生が待ってたんだ」

1人の人生――100年ほどの時間を、15分に圧縮して体験しているのです。私たちの現実と全く同じぐらいに鮮明にね。それがどれだけ危険なのか、彼は気づいていないのかしら。

「だめ。ほらもう行きますよ」

「お、お願い。もういっかいだけ」

「……今やめたら、寝る時の目隠し外していいのにな～」

「行きます」

急に素直になるんだから。私はくすくす笑って、彼の手を取る。

「ン？　やあ、そこに居るのはDじゃないか」

唐突に現れたのは、顔にうねうねとした触手を持つ男性（？）――ジェントル・クトゥルフでした。相変わらず紳士な笑みを湛えながら私たちに手を振っています。

「よージェントル！　アンタももう来てたのか」

「ていうか、朝から居た。ここじゃあ娯楽には困らないからね」

ジェントル・クトゥルフは私たちと同じ、第29ブロックの予選レースを突破して本戦に参加する予定の紳士です。経験豊富なベテランのレーサーで、この砲弾レース『ラペル・デュ・ヴィド』にも既に4度も参加している有名人。人格者でファンも大勢居ます。

つまるところ、私たちみたいなぺーぺーとは格が違うということですね。

「御機嫌よう、ジェントル。先の件ではお世話になりましたわ」

「良いのさ。こういうのはお互い様だからね」

紳士に帽子をちょこんと上げる彼を見て、だいくんが首を傾げる。

「……世話になったって？」

「レースの事務手続きについて色々教えて頂いたんです。地球政府の人たちもお爺さまばかりで皆知らないって言うし。結構大変だったんだから」

「そ、そうなんだ。……へー」

彼は少しだけ視線を逸らしながら。

「……2人きりで？」

それはどういう質問でしょう。考えていると、ジェントルはくつくつと笑っていました。

「何と言うことだ。噂はほんとうだったんだね。2人は恋をしてるのかい」

「えっ、何でそうなりますの？」

「獅子乃さん。Dはね、ヤキモチを焼いて居るんだよ」

つまりそれは嫉妬と言うやつ？　そんなまさか。ヤンチャで自由人でいつもヘラヘラ笑っている彼が、自分の女が少し別の男性と話していただけで嫉妬なんてする筈ありません。

「……っ。いや、ち、違うから！　そういうんじゃないから！」

（あら？）

ほんとにヤキモチ焼いてたんだ。へえ。そうなんだ。へえ。

「……だいくん、かわいい」

「なあっ」

彼は顔を真っ赤にして飛び退く。いつも格好良い彼だから、可愛いなんて言われ慣れてないのかもしれない。それとも、彼みたいな人は可愛いとか言われたくないのかしら？

わからないけど。そっか。ヤキモチ、焼いちゃったんだ。なんだ。ふふ。

「恋か。そんな素敵な物を見たのは数十年ぶりだよ」

「ジェントルも、恋をした事はありますの？」

「一度だけ」

「へえ、どなたに？」

「——この美しい世界に！」

そう言って、彼は楽しげにタップを踊る。思わず私はくすくす笑う。威厳もあるのに愛嬌たっぷりで、素敵な人なのです。ファンが沢山いるのも頷ける。

「……」

だいくん、またちょっと複雑そうな顔で私を見てる。また妬いてるのかな。……ほんとにかわいい。でも、だめね。いじめすぎたら。可愛そうだもの。

だから私は彼の手のひらを強く握って「私はあなたの物ですよ」と言葉にせずに寄り添った。

「そ、それにしても。パーティなんて緊張するよな」

だいくんは照れ隠しみたいに話を変えた。私はこっそり笑ってしまう。

「……選手顔合わせのため。つってもよ。俺たち田舎者だからビビるぜ」

「大丈夫さ。酒を飲んで、軽口を叩いて、カメラの連中にウインクの1つでもしたら良い」

砲弾レース『ラペル・デュ・ヴィド』はこの広い宇宙の中でもトップを争うほどに人気のある賭博の1つだ。その経済効果は何京円とも言われている。当然注目度も高く、マスコミも鬼のように殺到する。ウインクの1つなんて私にはとても無理だけど。

「何だ、それだけで良いのか。楽勝じゃん。あっはっは」

おばかな私の彼氏は、そんな風にあっけらかんと笑うのです。……まったくもう。

宇宙一の歌姫のコンサートが終わり、宇宙一のマジシャンが宇宙一お金をかけたイリュージョンをした後、宇宙一の劇団がオーケストラで入場曲を奏で、私たちは緊張でカチコチに固まりながら現地の観客700万人が見守るステージの上へと立ちました。

紹介映像と共に名前を呼ばれたはずですが、ぶっちゃけ何も覚えていません。

だいくんは「とりあえずウインクだけはしといた」とのことです。後日調べてみたところ、彼のウインクは下手っぴで両目とも瞑っていたため、ライトが眩しかったのでは？　と思われていたそうです。かわいそう。

「……ぁー。づがれだ」

私たちは選手しか入れないホールで、今度こそただの立食パーティをしておりました。壁際にはマスコミの方たちが控えていますが、選手に話しかけるのは禁止のようです。

総勢100名以上のレーサーたちは、誰もがツワモノの命知らず。オーラが並大抵ではありません。有名な軍事企業のドンや、他のスポーツで名を知らしめたアスリート、それに様々な国や星の威信を背負った大人物たち。こんなの、萎縮してしまいます。

「お！　あんた、アイツだろ？　俺たちと同じ予選に出てた……！」

でもだいくんは平気なのでした。基本おばかなので。むしろ選手たちと楽しげに交流を深めています。彼は白銀の甲冑に覆われた女性を見つけて、合成ハムを食べながら声をかけました。

「なんだっけ？　確か、ちゅうようなんたらの……」

「中庸騎士団、ですよ。だいくん。確か彼女の名前は――」

選手名簿を見た覚えがある。確か。

『スネイルナイトだ』

明らかな合成音声で、彼女はぶっきらぼうに呟く。

(スネイルナイト？　確か古い言語……英語って言ったっけ？　だわ。意味は……)

ナノチップで検索をかけるとすぐに出てくる。スネイル——かたつむり。ナイト——騎士。

つまり彼女の名前は『かたつむりの騎士』である。不思議な名前だ。

「あっはっは、そっか。よろしく。本戦でも頑張ろうぜ」

お酒が入っているだいくんはご機嫌に笑う。

『……貴様らは、何故レースに出るんだ？』

しかしスネイルナイトさんは不機嫌な声で、私たちに尋ねる。

「そりゃあ、世界最速のレーサーになるためよ！」

とか頓珍漢な事言ってるおばかは置いておくとして。

「私たちは地球連邦に依頼されて、このレースに参加しました」

『地球に？』

正しくは、依頼されたのは私だけだ。そして、だいくんが必要だったから彼を巻き込んだ。

そもそも私たちは、このレースの為に製造された人類だ。そう設計されているんだ。

『……なるほど。そういうことか』

彼女は訳知り顔で頷いた。甲冑のせいで表情なんて見えないのだけれど。

『レースに勝利したら幾つかの無人惑星の所有権が手に入る。経済的に破綻しかけて、資源の枯渇している地球には広い国土が必要なのだろう』

私は少し驚いた。今どき、地球の事情にこんなに詳しい人が居るだなんて。

『だが、文明的に数千年遅れている地球に、今更優勝なんて出来ると思うか？』

「ええ。勝てます。このレースなら。このレースだけなら。私たちは勝てる」

私は自信を持って彼女を睨んだ。そうです。もはや地球は無用の長物。宇宙全体で存在感なんて無い。きっともうゆっくりと滅んでいくだけの星でしょう。たとえ私たちがレースで勝っても、それは永遠には程遠い。どうせいつかは滅ぶのです。それでも。

「ああ！　俺たちは無敵で最強だからな！　あんたら全員よりずっと速い！」

だいくんは笑いながら、大声で宣言しました。私は思わず頭を抱えます。また何でこんな所で悪目立ちしてしまうかな。他の選手たちは殺気だった表情で私たちを見ているし、マスコミたちはウズウズしながらこっちを観察しています。

『……ふん』

スネイルナイトはさして興味も無さそうに呟いた。

『1つ忠告をしておこう』

「なんですか？」

彼女の甲冑から――青い瞳が覗く。

『選手番号・92番に近寄るな』

「……へ？」

『他人の為に、なんて下らない理由で走るお前たちにせめてもの餞だ』

私は頭の中で必死に思い出す。選手番号・92番？　確かにそう言えば、ニュースか何かで見たはずだ。自分以外の全ての機体を破壊して、ただ1人生き残ったレーサー。倫理委員会にも審問にかけられたが、結局お咎めのなかった。チーム『うさぎの夢』の――

「――シャシン。だよ？」

全身に鳥肌が立つのを感じた。振り返る。

「初めまして。大吾クン」

視線を骸骨の仮面で隠した少女が居た。頭には長い獣耳――あれはきっと『うさみみ』だ。が揺れている。不気味なほどに透き通った声。彼女はだいくんの肩に馴れ馴れしく触れる。

「へえー♡　画面で見るより、ずっと可愛い顔してるんだ……♡」

「へっ」

「……もしこの後アレだったら、お姉さんの部屋、来てもいーよ」

私は思わず手が出そうになった。と思ったけど、普通に出ていた。パシンと小気味よい音。

「おーこわ」

シャシンは私の拳を何なく受け止めると、ニヤニヤ笑う。

「何このメスライオン。凶暴だね。うさぎさん、怖くて泣いちゃうよお。えーん」

「……万年発情期なのは結構ですが、私の男に手を出すのは止めて頂けますか？」

自分でも驚くぐらい、私は冷静さを欠いていた。

「ちょ。ふたりとも、何してんの！」

一触即発の雰囲気を察しただいくんが、私たちの間に割って入る。

普段だったら、急に誰かにこんな因縁つけたりしない。たとえだいくんを誘惑されても、ここまで怒らない。何故？　分からない。

「ふふ、護ってくれるの？　大吾クン、優しいね……♡」

「せ、背中に当たってるんですけど……！」

「当ててるんですけど？」

シャシンがだいくんの背中にくっついてくすくす笑う。嫉妬の炎がメラメラと燃え盛って、私は思わずホール・ガンを起動させようとしていた。

「やめておきなさい」

不意に現れたうねうねの触手が、だいくんの腕を掴んで引き寄せた。勿論我らがジェントル・クトゥルフの触手である。彼はだいくんの体を受け止めると、ダンサーのようにくるくると回して、軽くステップを踏む。その華麗さに周りから感嘆の声が漏れた。

「どうも」

彼は瀟洒に笑って、周りに手を振る。

「……まあいいや」

完全にだいくんを持っていかれたシャシンは、退屈そうにうさみみを揺らす。

そういえば、いつの間にかスネイルナイトも消えていた。彼女は一体何だったのだろう？

「レース、楽しみにしてるから。他の奴に負けないでね、しぃしぃ」

何その渾名。と私は思った。いや、違う。そもそも、何故彼女は……。

「何故、私たちの名前をご存知なのですか」

「えー？　だって名簿に書いてたじゃん」

「全員の名前を記憶したとでも？」

「くすくす。どうだろうねえ」

彼女は笑う。まるで蜃気楼のように、摑みどころのない笑みだった。

「レースで私に勝てたら、教えてあげようかな」

何だろう？　この感情は、何？　彼女を見ているとふつふつと湧いてくるこの感情は？

「代わりにレースで君が負けたら……」

シャシンはうさみみを揺らして、小さく笑う。

「君のカレ、私にちょうだい？」

「あげるわけないです。あれは、私のですから」

シャシン。彼女の表情は読み取れない。それは仮面のせいだけでは無い。声色も、仕草も、何もかも嘘のようで意味があるのかどうかさえも分からない。まるで水面に映る月のように。

「だったらせめて、護ってあげて」

その言葉の意味を理解する事は、出来なかった。

「それはあなたの義務だから。彼があなたの物だと言うのなら、せめて必ず護り抜け」

「……なん……の……話……？」

彼女は笑う。変わらず、蜃気楼のように曖昧に。

「今はあなたの物だとしても」

仮面越しに、彼女は私を見つめていた。その感情は、敵意ではなかった。

「――最後には、私が勝つ」

泣きそうな声。ああ。何で？　今まで上手に隠してたのに、彼女は最後に感情をはみ出した。泣きそうな少女の声で、少女の顔で、私のだいくんを見つめていた。

■

俺――御堂大吾は車輪の付いた最高の機体『Ｓｅｎａ』に乗って荒涼とした大地を駆け抜けていた。その速度はマッハ2。音の2倍の速度で、俺たちは一瞬の判断を迫られる。

『0・2秒後に右へ20m。0・25秒後にジャンプ。0・259秒後に体勢を整えて速度を上げて。0・42秒後の衝撃に備えて下さい』

獅子乃――しぃちゃんと俺はネットワークを通じて繋がっていた。いや『繋がる』って言い方はピンと来ないな。どちらかというと『溶けて』いた。バスタブの中に魂を溶かしてかき混ぜるようなイメージ。複数人でのニューラルネットワークの形成だ。

『だいくん、5秒後にもっと思考速度を上げて下さい』

『了解』

レースにおける俺の役割は『時の速度を遅くする事』だ。……なんて言ったら格好いいが、要は一生懸命考える事だ。俺が脳みそをフル回転にすればするほど、相対的に周りの速度を遅く感じる。しぃちゃんが数十キロ先まで障害物を把握して最適な行動を計測する時間を稼ぐ。

（クソ、汗が邪魔だ）

時速2500kmの速度のこのマシンは、1秒に約750mの距離を駆け抜ける。そりゃあ出来るだけ障害物の無い砂漠や草原を駆け抜けられれば良いが、当然山や崖だってルート上に存在する。消費する集中力は、並大抵ではない。

『20秒後に海に入水します』

『了解』

砲弾レース『ラペル・デュ・ヴィド』は、陸・海・宙に設置された特定のリングを潜りながら、惑星1周ほどの距離の速さを競うレースだ。リングを潜ること以外のコースは自由。当然、レース前のコース取りが重要になってくる。

距離も惑星1周分……なんて言っているが、マッハ2ぐらいのチンタラした速さじゃそんな距離を走るのに随分とかかる。Senaの最大速度はマッハ30を超えている。だがそんな馬鹿げた速さで大地を駆け抜けたら当然事故る。こいつが本領を発揮できるのは宇宙だけだ。

『入水。Sena、潜水モードに切り替えます。今のうちに休んで下さい』

ギリギリまで速度を上げてテクニックで競う『陸』。

支援団体による調査とルート取りでしのぎを削る『海』。

マシンの性能と残されたエネルギー量で勝負を決める『宙』。

(海は障害物が少なく、俺たちレーサーにとっては未だ楽な時間だ)

俺は飲み物を一口飲むと、俺の隣で集中しているしぃちゃんの汗を拭いた。彼女はルート取りや地形の把握も担当しているため、今も必死に思考している。

（……この子は本当に、いつも一生懸命で格好いいな）

何となく、思い出してしまう。俺と彼女が出会った、2年前のことを。

——2年前。

くじら座のエスポクという惑星に居た。分裂工法による建築で際限なく広がった都市・ネオ横浜。この街に存在する生物は真緑の美しい苔だけだ。開発し尽くされたこの惑星は、もはや生物が耐えられる環境を維持出来ない。俺は苔だらけのビル群を眺めて、相棒のマシン・Senaに乗り込んでいた。

「走るのはクソッタレ大地だけだ」

「リングを潜った方が勝利」

「負けた方は——」

「死ぬ」

Senaの隣に、真っ黒のレーシングカーがあった。真っ黒のレースマシンに乗っていたのは俺と全く同じ姿かたちをした、俺と全く同じDNAを持つ、俺と14歳時点までの記憶を共有する人間だ。つまり、俺のクローンだった。或いは、俺があいつのクローンなのか。

「スタートの合図はどうする？」

「走りたくなった方が走れば良い」

　俺たちはエンジンを全開にする。複雑なビル群に、この巨大な車体が通れる隙間は針の穴ほどにしかない。だが俺たちなら走れる。レースのために生まれた俺たちなら。

「――行く」

　黒いマシンと白いマシンが、全く同時に無人の星を駆け抜ける。

（2秒後に右へ2センチ。あのビルは崩れかけてる。壁ごとぶち抜く）

　まともな神経があったら出せない速度。事故って死ぬなら、死ねば良い。事故らなかった俺が、本物の俺だったというだけの話だ。俺がより純粋になる。それだけの話だ。

「おぉおおおおおおおお――ッ！」

　全力だ。命を絞れ。魂を燃やせ。生きる。生きる。生きる。生きる。そのために俺は戦う。あんたもそうだろ？　だから、アクセルから足を離さない。無人の星を必死に走る。

（俺は命が欲しいんだよ。本物になりたい）

　その瞬間、巨大なスペースデブリが俺たちの視界を塞いだ。俺はまっすぐに突き抜ける。凄まじい衝撃に機体が酷く歪んだ。一瞬でマハマユリ・ブレードをドリルのように展開し、デブリを強引に破壊しながら進むが、接触は免れない。機体の破損や衝撃で俺が死ななかったのは、もはや奇跡に近いだろう。一方で俺のクローンは、一瞬で回避して、代わりに体勢を大きく崩した。俺たちの差は、それだけだった。

「――俺の負けか」

真っ黒の機体から降りたもう一人の『俺』が呟く。どこか泣きそうな、だけど嬉しそうな表情で。先にゴールした俺は血だらけになりながら、海岸にＳｅｎａを停めていた。

（……全く同じ顔。違うのは、髪型と服装だけ）

彼は笑った。敗北者とは思えない、すっきりとした笑みだった。

「あんたはこれからどうするんだ？」

「……俺は」

１２３４体のクローン。俺と彼が最後の２人。

海に紫の月が反射していた。まるで俺とあいつみたいに。

「あんたは勝った。あんたが最後の御堂大吾だ。あんたが本当のオリジナルさ」

今まで俺は、自分を殺すためだけに生きてきた。本当の俺になるために。

「……――」

これから何をして生きろと言うんだ？　何のために、生きろと。

俺のクローンは笑った。相変わらずの、敗北者らしくない最高の笑顔で。

「なァ、必死に生きろよ。最高に楽しいことやれよ。それがお前の唯一の義務だぜ」

呟いて、男は生体維持装置を切断した。先に脳内物質をしこたま出るように調整していたのだろう、生物には適さない惑星の空気に晒されながらも、満足そうな笑みで死亡した。

それから12時間後の事だった。ナノマシンにメールが来た。差出人は地球連邦。『千子獅子乃』という少女からの物だった。「一緒に地球を救って下さい」。そんな、20年ぐらい前に人類の間で流行った、セカイ系のヒロインみたいな文面だった。

■

『御堂大吾』と呼ばれる個体群は、地球連邦が作った人類の中で最も思考の融和性に優れた、レースのために生み出された生物だ。思考速度だけなら私達『千子獅子乃』シリーズを凌ぐ。

(不思議な目つきの人)

それが御堂大吾を初めて見た私の感想だった。地球連邦の、ボロボロの会議室で。

「獅子乃さんは、俺の妹なんだってな」

「はい。私は大吾さんと同じ工場で生まれた人類になります」

彼は人懐こそうな笑みを浮かべながら。

「生存率は？」

「0・1パーセント以下」

「つまり、それは」

「私以外の『千子獅子乃』は自死しました」

「そうか」

人類の工場による生産は、この大宇宙航海時代には必須の技術だ。新しい惑星を発見したとしても、開発して居住する人類が居なければ始まらない。

(御堂大吾。同タイプのクローン同士で殺し合いのレースをしていると聞いたけど)

見た目は普通だ。どこにでも居る青年だ。どこか目がぎらついている気もするけれど。

「何故アンタは、地球なんかを救おうとする?」

『ユートピア再建計画』。それは何百年も前から地球連邦が打ち立てていた政策の一つだ。間違いだらけで失敗だらけでそれでも何とか進んでいる。

「……それは重要な質問ですか?」

私が尋ねる。彼は泣きそうな顔で頷いた。迷子の子供のようだと思った。

「私ね。本が好きなの」

「本? なんだそりゃ」

「文字で綴られた物語」

「文字、だって?」

今の娯楽はクオリアによる感覚の共有が主立っている。物語を手首に注射して接種する。或いは、神経をデータベースに接続する手もある。今どき、文字なんて歴史の教科書でしか見ない。ちなみにその教科書と言うのは、安価な錠剤である。

「沢山の、古代の物語。地球という綺麗な星の、綺麗な物語」

「それは面白いのか？」

「面白くは、ないです。他の娯楽に比べるとね。でも、なんだか」

私は地球という惑星の物語を読む度に、どうしようもなく泣きそうになるのだ。懐かしくなる。その感情にラベルを貼るつもりはなかった。ただただ、心が動かされる。

「要は……単に、好きなだけ」

「……」

「地球連邦の命令なんて、本当はどうでも良いんです。私は私が好きな星を護りたい」

連邦の人々は、地球が国土を増やせばなんとかなると思っている。未来は明るいと思っている。輝かしい過去に戻れると思っている。地球が『ユートピア』だった何千年も昔の時代に？

「本か。俺も読んでみたいな」

「ではお貸ししますわ。丁度これ、読み終わった所だから」

『桜色のうさぎ』というタイトルの本。少年と少女が出会って、冒険をする物語。

「これは……何のお話なんだ？」

「恋」

「恋？　げげ」

彼は眉を顰める。たしかに恋だなんて、あまりに原始的で無作法な単語だもの。人類はその昔、体と体を擦り合わせて死にそうになりながら自分たちのＤＮＡを混ぜ合わせていたらしい。悍ましい。気持ち悪いって、言われるかな。私はそれが怖かった。

「めちゃめちゃ面白かった！」

──けれど次の日、彼はピカピカの笑顔を浮かべていた。

「恋！　めっちゃ良いじゃん。俺もしてみたい！」

「そ、そこまでですか？」

「獅子乃さんも興味あるんだろ？　じゃあ一緒にしてみないか」

なんて勇気がある人なんだろう。あるいは無謀、なんだろうか？　私は困った。興味が無いわけじゃあない。だけど。人の目もあるし。それに、やっぱり、怖かった。

「じゃあ……」

「うん」

「──地球を救ってくれるなら」

最高に楽しくなってきた、と彼は呟いた。まるで神様に命乞いするみたいな表情で。

「シミュレーターを終わります。お疲れさまでした」

Ｓｅｎａのハッチが開く。私たちは汗だくになりながら、体を引きずるように這い出る。

「お疲れ。ほら、しぃちゃん」

だいくんが私に手を差し伸べる。『だいくん』『しぃちゃん』と呼び出したのは、恋仲になった時に締結した決まりの一つだった。恋愛相手というのは、互いに特別な呼び方をするらしい。

「ありがとうございます、だいくん」

彼を特別な渾名で呼んで、彼の特別大きな手を握る。

それだけで、胸がきゅんきゅんと鳴くのを感じた。あんなにヘトヘトに疲れていたのに、一気に元気になるのを感じた。汗だくの姿見せたくないなと、ちょっと思った。

（……恋ってステキ）

きっと私は本当は、一目会った時から、ほんのり彼が好きだったのだろう。誰よりも傷を拵えて、本当はただ生きているのだって必死なくせに、いつも優しく笑っている。それはきっと彼が臆病なせいだろう。甘え慣れていないせいだろう。

（この人のためなら、私、きっと、どんな事でも出来るんだろうな）

——だから、人類は恋を失ったのだろう。そんなことを、少し思った。

「たとえあなたのためでも、出来ない事があるのですが⁉」

夜。私は速攻で前言を撤回していた。

「こ、こんな……スケスケな……を着て、一緒に寝るとか絶対ムリ！」

「いやでも、絶対似合うぞ、しぃちゃん」

「そういう問題じゃないから！」

彼が急に『プレゼントがあるんだ』とか言うものだからウキウキで包装を綺麗に剝がしたのに、中にあったのは薄くてひらひらの下着——ネグリジェというやつなのでした。

(こ、こんなの。着たら。み、見えちゃうんですけど！)

私の恥ずかしい所。人に見せたらダメなところ。まだ彼に見せる勇気なんて、無い。

「せっかく今日から目隠し解禁なんだし、可愛いとこ見たいじゃん……」

「うっ」

彼は残念そうな、濡れた子犬のような顔をするのです。ずるい！　そ、そんな顔されたら簡単に断れなくなってしまいます。でも……こんなえっちな下着着るのはムリだし……あう。

「……着ませんから」

「おねがい！」

「おねがいされてもだめ」

「一生のおねがい！」

「……だめ」

「絶対可愛いから、しぃちゃん似合うって」

「……だ、だから」

「頼む。この通り！」

「……」

ああ、ほんと。だめな女。私は火傷しそうなぐらい熱い頰を感じながら。

「……先に」

「え？」

「先に……電気……消してくれるなら」

だって最後は断れない。私、あなたのためなら何でもしてしまう女だもの。

■

俺が部屋の電気を消すと、彼女は溶けそうな初雪みたいな声色で「あっち向いてて」と呟いた。俺はガチガチに緊張しながら、彼女に背を向ける。背後には衣擦れの音。

(何で肌面積多めの服装を見るってだけで、こんなに緊張するんだろう)

「もう、良いですよ」

「……うん」

振り向いて、近づく。彼女はベッドのシーツをぎゅっと握ってミノムシみたいに被って、顔を真っ赤にしてそっぽを向いていた。俺は布団の中に潜り込む。彼女は小さく息を呑んだ。

「見ていい?」

返事は無い。俺はシーツを剝がそうとする。

「っ」

「しぃちゃん?」

「……~っ」

彼女は両手で必死にシーツを摑んで、体を見られないように抵抗していた。このまま無理やり引っ剝がしても良いけれど(俺の方が力は強く設計されているし、彼女は最初は怒っても最後には観念して許してくれる人だから）、彼女の緊張した顔色を見ると、それは出来ない。

　だから両手が塞いで無防備になった彼女の唇を強引に奪った。

「……ぴにゃっ♡」

　しぃちゃんの唇に舌を這わせて、優しく口を開かせる。緩んだ歯の間に舌をねじ込んで、彼女の口内を撫で回す。ここまで激しくされたのは初めてで、しぃちゃんは目をシロクロとさせていた。彼女は奥ゆかしい人だから、こういう事をするとすぐ抵抗が入るのだ。

「ぷはっ♡　にゃ……にゃにするんですかぁっ♡」

　呂律が回ってないし、脳も酸欠気味のようだった。可愛すぎる。

「手、離さないとこのままされっぱなしだよ」

「で、でもぉ……っ」

「でもとかナシ」

　俺は何か言おうとしてた彼女の唇を、また塞いだ。いやいやと顔を背けようとしているくせに、口内は好き放題にされていた。舌を吸う。唾液を流し込む。優しくキスする。

「ふぅー……っ♡　ふぅー……っ♡　ふぅー……っ♡」

　彼女は発情した猫のように息を荒げて、だんだんと手の力が緩んでしまう。

（このまま、行くところまで行ってみてぇ）

　ずっとこんなキスを続けていたら、彼女はどうなるんだろうか？

俺は彼女の口を食み続けた。時折、好きと囁くと、彼女の背筋がびくんと震える。シーツの下で、素足を絡ませた。もうシーツを摑む力も、キスに抵抗する力もないくせに、軟体動物のような柔らかさで絡ませてくる足の強さだけは、やけに強い。

それを何分も続けた。何十分も続けた。時計の長針が一周しても、まだ。

「だぃ……っ♡　だい、くん……♡　ねっ♡　もうっ♡　んぅっ♡　きいてっ」

「……なに？」

尋ねると、彼女と俺の間につうと唾液の橋が垂れる。彼女はとろとろな顔で。

「そんな、宇宙一幸せなキス。しちゃ、だめ……♡」

媚びるような、強請るような、出来上がった上目遣い。

「そんなにされたら……私……」

「うん」

「あなたに、逆らえなくなります……」

いつのまにか、シーツを摑む手は、離れていた。

(やばい。俺、これ、止まれない)

絶対に無理だ。熟れた果実に集まる虫のように、彼女の魅力に逆らえない。そうだ。逆なんだよ。逆らえないのは、俺だ。この少女の視線には、俺は決して逆らえないんだ。

「しぃちゃん――」

「……っ♡」

彼女の体を優しく抱きしめた。彼女は俺を強く抱きしめ返す。まるですがるみたいに。体がくっつく。柔らかい絹のような彼女の肌の感触に、安っぽい生地の感触が混じった。俺が買ったネグリジェのせいだろう。邪魔だ、と思った。彼女だけを愛したい、と感じた。

「好き……♡　だいくん。好き……好き……♡」

彼女が舌を入れて、餌をねだる小鳥のように唾液を要求する。彼女の中に液体を注ぐと、彼女はこくり、こくりと、味わうように飲み下した。熱に魘されたような表情。

「ふぅー……♡　ふぅー……っ♡　んちゅっ♡　ちゅぅうう♡　しゅき……だいくん……♡」

興奮しきった、女の顔。いつも冷静でかっこいい彼女と正反対の淫らな視線。

(しぃちゃんも、俺と同じで。もう止まれないいんだ)

だから、俺は、必死に歯を食いしばる。

「……――ごめんっ」

「え？」

彼女の肩を掴んで、引き剝がした。

「俺が、悪かった、です」

「……はぁ……はぁ……え？　な、何ですか？」

しぃちゃんはキョトンとした目で俺を見る。――俺は、知っていたんだ。

「古代の人類の文化じゃ……こういうのって、結婚してから、なんだろ？」

「……！」

「俺、ばかだから分かんねえんだけど。そういうの。大事に。したいのかなって」

「……だい……くん」

彼女は目をまんまるにして、口をパクパクさせていた。

「あ、あの。いや。私は――」

「――だ、だからさ！」

俺、キミを大事にしたいんだよ。世界一幸せな女にしたいんだ。キミのしたいこと、全部叶えるって決めてるんだよ。それが俺の生きる意味なんだ。俺たちの生きる意味なんだ。

「レースで勝って、地球を救って、そしたら――結婚しよう」

「……え？」

彼女は。俺の腕を握った。

「分かってるんですか？　だいくん。結婚の、意味」

「二度と離れない。ってことだろ？　永遠に愛を誓うってやつだろ？」

本で少し読んだだけなんだけどさ。最初は、正直、そんなのヤバすぎるって思った。昔の人たちってすげえなって。だって『永遠の愛』だぜ？　そんなの、正気じゃ誓えるわけがない。

でも。今なら。

「しぃちゃんを、永遠に愛したい」

「……っ♡」

「だから。その。ケジメ。ってわけでもないんだけどさ」

彼女が古代の文化に憧れている事、知っていたんだ。古代の人たちの無茶な勇気に、無謀な決意に、焦がれるほどに恋をしていた。俺はそんな君のことが好きだから。

「……結婚、ですか？　私たち。これからずっと、何があっても、一緒ですか？」

「そうだよ。レースに勝った後からは」

「ま、負けちゃったら？」

泣きそうな顔で彼女は呟く。俺は笑った。

「勝てるに決まってんだろ！　なめんなよ！」

「……ばか」

「いや？」

彼女は俺の体をぎゅーっと抱きしめて顔を胸に埋めた。そんなにスリスリされると色んなとこが当たって俺の決意が鈍るのでやめてほしかった。

「――あなたの、お嫁さんになりたいです」

わかった。まかせて。俺は。きっと。君のために生まれてきたんだ。

何があっても。どれだけ先でも。俺は、君を愛し続けるよ。

銀河の端っこで。世界の真ん中で。俺たちは、必死に愛を信じていたんだ。

（あぁ。もう、こんな時間か）

レースが始まるまで、あと6時間。

（絶対に、負けねぇ）

なんだこれ？　――ガチで、最高に楽しい人生じゃねえか。

☆

――そうして、私は目を覚ます。

「獅子乃ちゃん、起きたんだね」

彼が笑って、布団に横たわる私を見ていた。

「……何で。キス。やめちゃうの」

「えっ？」

私は軽く起き上がって、彼の後頭部を抱きしめて、強く寄せた。

「キス……もっと……♡　だいくん、もっと……好きって言って……」

かっこいい彼のお顔を引き寄せて、唇を近づける。あれ？　でも？

（何で焦った顔、してるんだろ）

意外と奥手で、仁義を通す所も好きだけど。今はもっと獣みたいに襲ってほしい。私を弱い子猫みたいに扱って、いっぱい悪いことしてほしい。あなたに愛されてるって教えて欲しい。

「し……獅子乃ちゃん……っ」

息と息が当たるような距離で、彼が呟いた。

「……え？」

彼は私を、『獅子乃ちゃん』と呼んだ。そんなのおかしい。だって私たち、決めたもの。恋人なんだから特別な名前で呼び合うんだって。私はしぃちゃん。あなたはだいくん。

だから。もしかして。これって夢から醒めて——

「——ごめんなさいっ！」

私は手を離して、彼から遠ざかる。彼の泣きそうな顔を、私は、見た。辺りを見渡す。ここは私たちの新居だ。私と、大吾さんと、お姉さまの。元町のおうちの、私の寝室。

「いい。いい。……大丈夫、だから」

焦る私を見て、彼は苦笑する。思わず、尋ねそうになる。

(何で今、あなたは抵抗しなかったんですか？)

あのまま、私が正気にかえらなかったら、きっと唇を重ねていた。

「気分はどう？」

「私……どうして……」

「君は引っ越し作業してて、倒れたんだ。お医者さまに見てもらったら、貧血だろうって」

そんなの絶対違うって分かってる。きっと彼もそうだろう。

「……どうして、大吾さんがここに居るんですか？」

「えっ？」

「だって今日。お姉さまとデートって。初めてのキスするんだって、言ってたのに」

本当は、私が尋ねたかったことは違う。

（キス、したんですか？　お姉さまと。……私以外の人と、キス、したんですか？）

なんて、絶対に聞けるわけがなかった。だって平気なフリ、できないもん。

「獅子乃ちゃんが倒れるの、分かったから」

「……え？」

「何となく。勘。って言うのかな。だから急いで、走ってきた」

なにそれ。

（私がピンチだから、駆けつけてくれたの）

まるで物語の王子様みたいに。

（そんなの、ずるい）

私、体が熱いんですよ。さっきまであなたに抱きしめられていたから。それは遠い過去の記憶かもしれないけれど。それでも、今の今まであなたの唇に触れていた。

そんな時に、そんな格好いい事言われたら、私、挫けてしまいそうになる。

「獅子乃ちゃん。ちょっとごめんね」

「え？」

彼が私のおでこに触れた。

「……――」

大きくて、優しい手。

「もう、熱は無いみたいだね。さっきまで、魘されてたから」

やめて。

(そんなに優しく触れないで)

あなたに愛され慣れた私の心が、条件反射で求めてしまう。

(我慢できなくなってしまう)

額を触れられるだけで、体が芯から熱くなる。

「……大吾さんの手、冷たくて気持ちいい」

「そう？　まだ少し、熱あるのかな」

「うん」

優しい目で、見つめられて。頭を優しく撫でてくれる。

「ごめんなさい」

「えっ」

無理だった。コレ以上は絶対に、駄目だった。私は浅ましく、彼の手を取る。

「……っ」

彼の大きな手に、優しく頬を添える。すりすりと、匂いを擦り付けるみたいに、彼の手のひらに甘える。気持ちいい。心地いい。幸せ。あなたの体温にふれるだけで、私はこんなに……。

「ごめん、なさい、大吾……さん……」

「う、うん」

「……ほんの少し。顔、冷やすだけだから」

「……大丈夫だよ。好きに使って」

優しいあなたは、簡単に私に騙される。

姉の男を寝取ろうとしている悪い女に、あなたは優しい笑みを向ける。

(私が頭の中で何を考えているか、全然、知らないくせに)

好き。好き。好き。好き。好き。好き。好き。好き。好き。

好き。好き。好き。好き。好き。好き。好き。好き。好き。

「前世の夢、見てたの？」

「はい」

熱に魘されたまま。あなたの熱に甘えたまま。私は見つめる。

「本当に大吾さんと私、恋人だったんですね」

「……やっぱり、あの時の夢見てたんだ」

「大吾さん、何時間も私にキスしてた」

「う……うん」

「いっぱい。唇を撫でられて。舌を吸われて。ツバも沢山、飲まされました」

「……そ、そっか。そう……なんだ、うん」

彼は顔を真っ赤にして、視線をそらす。それが可愛くて、可愛くて、死にそうで。もっとからかいたくなる。もっとイジメたくなる。私だけが知る、あなたの表情。

「それに、スケスケの下着穿かされたし」

「……結局、見てないと思うけど」

「沢山、からだ、撫で回したくせに」

「……それは、はい」

「お風呂に一緒に入った時。あなた、私のどこで背中洗わせたか、覚えてますか？」

「……あの時は。本当に。調子に乗ってすいませんでした」

私たちは掠れるような声で呟いて、視線を交わした。誰にも聞こえないように。私たちだけにしか聞こえないように。2人きりの秘密で居続けるために。

(前世って、変な感じ)

随分昔の記憶のように朧げな気もするし、ついさっき起きたばかりの事にも思える。

(本当はこっちが、夢なんじゃないかしら?)

だって絶対におかしいもの。あなたが、私以外の女の子とキスするなんて。

「それに、大吾さん。あれは覚えてる?」

「なに?」

ああ、駄目。絶対に駄目。それを言ったら駄目。分かってるのに。愚かな私は。

「——永遠に愛してくれるって、言ってたのにね」

彼の手に頰で触れながら。未練がましく、泣きそうに声を震わせた。

彼は。ああ。大吾さんは。私よりも泣きそうな顔で。

「……——っ」

人が絶望する瞬間を、初めて見た。

(違うの。私、あなたに悲しい思いをさせたいわけじゃないの)

ごめんなさい。そんなつもりじゃなかった。ただ、お姉さまと大吾さんがキスをしたって思ったら、どうしようもなく嫉妬に支配されてしまった。

私、誰よりもあなたに幸せになってほしいのに。

「くす。なんて。何を本気にしてるんですか」

だから、私は――

「ばーか」

表情を氷のように凍らせて、雑誌のモデルのように完璧に笑った。

「前世のオラついてた大吾さんがムカついたので、からかっただけ」

どれだけ苦しくても、悲しくても、辛くても、私、あなたのためなら笑えるの。

知ってるでしょ？　私、あなたのためなら何だって出来るんだもの。

私、強いの。ライオンですもの。傷ついたって、折れたりしない。

（あの頃の私はあなたに甘えてばかりいたから）

きっと、あなたはそれを知らないだろうけど。

「昔の話。言ってるでしょ？　終わった話。何度そう言えば、気が済むの？」

「……ン」

ばかね。この人は本当に嘘がつけない人だから。そんな顔して。まだ私が好きなのバレバレじゃない。君を愛してる。って目をしてる。それともそれは、負け犬の私の妄想かしら？

「大吾さん、お姉さまはどこに？」

「栄養のあるもの、フェイさんと一緒に買いに行ったよ」

そっか。なら、良かった。

「大吾さん。私……すこし、眠って良い？」

「あ。うん。じゃあ俺、行くね」

「……看病してくれて、ありがとうございます」

私は彼の手を離す。彼は小さく笑って、部屋を出ていく。

私は彼を見送りながら、完璧な笑顔を浮かべていた。自分でも驚くほどに理知的な、少女の笑み。何でも無いってだけの顔。だから、彼がドアを閉めた瞬間に。

「……ぐすっ。ひぐっ。え……ぇえっ……」

布団を噛んで、声を殺した。

(だって、分かったの)

お姉さまと大吾さん、キスしたんだなって。

(彼は私の物だったのに)

あの宇宙一幸せなキスを、お姉さまとしたんだろう。きっと背中も撫でてもらった筈だ。好きって囁いてもらったんだろう。全部、私のものだったのに。

──私はもう、おやすみのキスもして貰えないのに。

「ぇあっ……ぇえんっ。ぉえっ……ぐすっ……ぐすっ」

小さな子供のように、泣き続けた。枕が水たまりのように濡れていた。

(私、強いの。ライオンだもん。そう簡単に折れたりしない)

でも、折れない、だけなんです。

傷がついていないわけじゃ、ないんです。

「ひぐっ……ひぐっ……ええええんっ」

必死に声を噛み殺しながら、ぽろぽろと溢れる涙が枯れるのを待つ。

(こんなの、想定通りの被害。ただのコラテラル・ダメージに過ぎない)

私は一人、暗い部屋の中で、泣き続けた。

「――やっぱり、そうだったんだね。しぃしぃ」

窓が開いた。月夜を背景にして、綺麗な人が座って、感情の曖昧な視線を私に向けていた。

私は、心臓が凍るのを覚えた。

「……お姉……さま……どこ、から、見て……」

彼女が居た。千子兎羽。私を世界で一番理解している人。私の唯一の家族。

――綺麗なレモン色の月が、妙に似合いの少女だった。

第6話　スペースオペラで踊り明かして

目を灼くほどの光に居た。

鼓膜を突き破る大歓声に居た。

俺たちは最高のマシンに乗り込んだ。

『20！』

大歓声が叫びやがる。それはレースが始まるまでの数字だ。１００台のピカピカのレースマシンが、宇宙に浮かぶ巨大なリングの中に並んでいた。この中のどれだけのレーサーが命を落とすのだろう。魂のバックアップを取っていない命知らずなんて、きっと俺たちぐらいだ。

「だいくん」

「しぃちゃん」

言葉は不要だった。やるべきことは明確だった。

『10！』

Ｓｅｎａのエンジンが激しく唸りをあげる。行くぜ、オンボロ。気合を入れろよ。

『5！』

命を賭けるつもりでいた。

『4！』

死んじまってもいいやと思った。

『3！』

でも、君に出会えた。

『2！』

本当の恐怖を知った。

『1！』

その暗闇の中にしか、本当の希望はなかった。

『0！』

ブザーが鳴り響く。100台のレースマシンが一瞬で音速を超えて駆け抜ける。瞬間、レーザーが走るマシンを切り裂こうとする。何千発ものミサイルがライバルを爆死させようとする。これが砲弾レース『ラペル・デュ・ヴィド』。何でもありの宇宙最狂のレースだ。

「入射角を計算！　最適なルートを確認。10秒後に大気圏に突入します」

「こっちは任せろ！　Sena！　マハマユリ・ブレードを展開！」

ごうん、とSenaが応えて、機体からギザギザの青い刃が飛び出した。俺は今からこいつを操作して、邪魔する連中全部を叩き斬らなきゃいけない。ミサイルもレーザーも体当たりしてくる機体も、何もかも。俺たちの疾走を妨げさせない。

「どらぁああああああああ！」

思考の速度を上げる。状況を把握。弾道を確認。然るべき位置にブレードを先に置いていくイメージ。アンチグラビティ・シールドは張れない。あれはエネルギーを使いすぎる。ほとんどの他の連中はシールド頼りだ。空気抵抗が増すのも、頂けない。

『どんだけ御大層に言葉を並べても、こいつはただのチキン・レースだ』

かつて俺に敗北した俺のクローンは、そんな風に笑った。俺もそう思うぜ。これはどれだけ死の恐怖に立ち向かえるかのレースさ。ビビらない奴が勝ち残って、ビビった奴が生き残る。

赤髪のアナウンサーが熱狂と共に叫ぶ。

『先頭から、2番「マウスホイール」！　次いで27番「夢鷹」、82番「シュラシュペリ」、35番「ジェリクルキャッツ」！　……おおっと、ここで2番クラッシュです！　至急、レスキュー班が回収に向かいます！　すでに2割ほどのマシンが大破しています！』

今の俺たちの順位は？　気が急いて、視線を逸らす。

「だいくん、集中して！　宇宙戦じゃ私たちは勝てない！　今は我慢！」

「……～っ。おう！」

宇宙空間でのレースは、どうしてもマシンの性能に依る。くそったれ残飯惑星の地球で作られたこのマシンとメカニックたちじゃ、どうあがいても先進惑星の連中に敵わない。

『各機、次々と大気圏に突入します！　今回レースの舞台に選ばれたのは、鳩時計座のテングリ。炭素系生物生存可能惑星として近年発見されたばかり！　半径6991kmの巨大な惑星です。最初のリングは標高2000m！　テングリで最も巨大な山・スンプル火山に設置されています！』

しぃちゃんが叫ぶ。

「地表着陸まで、3……2……1……今！」

「い……くぜっぇえええええ！」

ニューラルネットワークを形成する。俺としぃちゃんの思考が溶け合う感覚。俺たちは今、2人で1人のレーサーになる。凄まじい計算でバチバチと神経が灼ける。構わない。

『おおっと！　ここに来て先頭集団に猛追するチームが現れました！　あれは18番！　18番の、チーム「Be More Chill」だ！　選手顔合わせのパーティでは騒ぎを起こし、そのビッグマウスぶりからネットでは注目株の選手です！　上げる。上げる。上げる。上げる！　クラッシュを意にも介さず、複雑な地形で速度を上げ続けています！』

砲弾レース『ラペル・デュ・ヴィド』は陸・海・宙で速さを競うトライアスロン形式のレースだ。技術レベルが低い俺たちは宇宙空間に弱く、惑星からのサポートも薄いので海のレースにも向いていない。だが唯一、大地を駆け抜けることに関しては群を抜いていた。

『「Be More Chill」、まだ速度を上げます。……今入りました情報によると、「ＢＭＣ」は地球出身のチームとの事です。人類の故郷、地球！　そうです！　彼らはこの宇宙全体において、唯一、数千年以上もの間、地上でレースを繰り広げていた歴史を持ちます。人類の移動がポータルを使った物に変わって以来、人々は「車」を必要としなくなりました。殆どの惑星で、車は生産されなかったのです。しかし！　しかし！　地球は違う。地球だけは！　歴史が、ノウハウが、先人の熱意が残されていたのです！　ＢＭＣ、上がる！　未だ上がる！　先頭集団に追いついて、そのままごぼうぬきぃい！　トヨタ、日産、フェラーリ、プジョーにメルセデス、フォルクスワーゲン、ゼネラル・モーターズ！　テスラにボルボ、ロールスロイス！　名だたる古代の地球のメーカーが、今！　全宇宙を圧倒しています！』

……なんか変な呪文みたいのを叫んでたけど。あの実況、歴史マニアか車オタク？

「一気に行くぜ、しぃちゃん！」

「はい！　あなたは前だけを見ていてください！」

27番『夢鷹』が超速度の体当たりをしてくる。しぃちゃんはなけなしのアンチグラビティ・フィールドを展開した。あいつら、何としてでも順位ポイントをぶんどるつもりだ。

「……ここ！」

『夢鷹』が決死のぶっこみでＳｅｎａを潰そうとする。しぃちゃんは巧みにアンチグラビティ・フィールドを操って、敵の力のベクトルを大きく曲げた。瞬間、マシンは加速する。

『ここからまだ加速するの⁉　「夢鷹」ついて来れない！　速い！　速い！　速い！　ＢＭＣが後続を大きく引き離して――第一のリングにゴールイン！　大番狂わせ！　大番狂わせで

す！　とっくに滅んだ私たちの故郷、地球が！　第一リングに一番に飛び込みました！』

俺はガッツポーズをして、しぃちゃんは舌打ちをした。

「後ろ、あいつが。来ています」

マップを確認する。ビーコンに映る機体には、見覚えがあった。

『二番手にゴールしたのは、92番。チーム名「うさぎの夢」！　不気味な程に静かな走行のまま、ＢＭＣの背後にピタリと付きます！』

『うさぎの夢』――シャシンと名乗った、うさみみの少女。

(しぃちゃんがやけにピリピリしてた、あいつか)

――不意に脳裏に、銀河を走る鉄道の汽笛が響いた。

「……」

今のは何だ？　俺はわからず、ただ首を振る。

■

『はろーん♡　しぃしぃ♡　大吾くん♡』

深海を走るＳｅｎａの室内に、仮面を被ったうさみみのホログラムが映りました。

「……あなたは、シャシン？　どうしてこの回線を！」

『地球のオンボロ回線なんて、侵入余裕だから』

地上でのレースで好成績を収めた私たちだったが、海中ではすっかりナリを潜めていた。海中は事前の調査と支援が肝になる。きっと私たちの順位はとうにすっかり下がっただろう。

「それよりアンタ。GPSでも壊れたのか？」

『へ？ 急に何、大吾クン』

「そうじゃないと俺たちなんて追わないだろ。修理ドローン、出そうか？」

私は頭を抱えた。なんてお人好しなんだろう。絶対そんなわけないじゃないですか。この人はどうも、他人を疑うことが苦手過ぎるのでした。シャシンもきっと呆れてるはず――

『……ぁ。い……ぃや。……うん。ありがと。でも、そゆんじゃないから……だいじょぶ』

「そっか。ならよかった」

なんて、ピカピカの笑顔で笑う彼を、シャシンは顔を真っ赤にして目を背ける。一体、何だと言うのでしょう？ 彼女の感情が全く摑めません。

『それより、私は交渉をしに来たの』

私とだいくんは顔を見合わせる。

『この辺りの海域はオグニカイトが豊富だから、盗聴される危険性は少ない。君たちに声をかけるのは、今しかなかったんだよね』

「盗聴？ 誰から？」

『誰でもいいさ。大会本部でも、地球連邦でもね』

シャシンは笑った。

『ここでレースを降りて欲しい』

「無理に決まっているでしょう」

確かに海のレースで順位を大きく下げたけれど、十分取り返せる程度の遅れです。私たちが今、レースを降りる理由なんてない。

『だよね。最初から分かってた。だったら、無理やり♡』

がこん、と嫌な音がした。機体が傾いて、私たちは急な慣性につんのめる。

「な……っ！」

『それじゃ、お先ーっ☆』

Ｓｅｎａのコントロールパネルが、けたたましいエラーを吐いている。私は速攻で状況を把握して、改善に努める。何があったんだ、だいくんが尋ねる。これは——

「ウイルスを仕込んでやがりました、あの女！」

一体、どんな方法で？　制御系回りのセキュリティは宇宙でも至上のものを使っているつもりです。あんな短時間でどうやって突破したと言うのでしょう？　そんなの不可能だ。

「システム……——回復まで5秒。走行の問題はありません。焦りましたが、これなら……」

問題は無い、と言いかけて。気が付いた。

「……ルートが深海マップごと消去されてる」

「なぁっ⁉　でもクラウドにアクセス出来るだろ？」

「だめです。この海域はオグニカイトが豊富だからポータル回線が使えません」

そうか。だからこのタイミングだったのか。なかなか手の込んだ嫌がらせじゃあないですか。

「あの女……覚えてなさいよ……」

「しぃちゃん、目が殺し屋の目つきになってるから」

なんて言っている場合ではないのでした。私はＳｅｎａのブレーキを踏む。

「何してるんだ？　速度、下げたら……！」

「仕方がありません。マップも無いのに海の中を全速力で走ったら確実にクラッシュします。救難信号を発信して、助けを待つしかありません」

潮の速さは尋常では無く、浮上するのも危険でしょう。ソナーを頼りに、近くの安全な場所に避難するしか
「――諦めるしか、ないのか？」

だいくんが私の手を取って、それを阻止する。

（……私だって。悔しいけれど）

でも、無理だもの。何の打つ手もないんだもの。本当に笑ってしまうぐらいどうしようもない。完全に、してやられたというやつです。

ピコン。とランプが緑に光る。それは、救難信号を受け取った誰かの合図でした。

（もう誰かがキャッチしたの？　速すぎる）

近くを走っていたレーサーでも居たのでしょうか？

『こ、こんにちは』

ホログラムに映されたのは、キラキラと淡く光るパステルカラーの人魚だった。いや、それだけじゃない。頭に被っているのはナース・キャップだろうか？

「こんにちは。こちらは18番。チーム『ＢＭＣ』です。マシントラブルが起きたので、あなたが海域を抜けた後に大会本部に連絡していただけますか？」

『え……えーと。その。私はレーサーでは無くて、だね』

「？　ここ、無人惑星ですよね。大会運営の方ですか？」

ナースの人魚は、ヘラヘラと笑った。

『私――Ｓｅｎａって言うの。ＡＩのＳｅｎａ。人類に奉仕し、人類を慈しむ者』

ちょっと一瞬、理解が出来なくて固まった。彼女が自分をＡＩと言う。それは構わない。この宇宙には幾らだって、人権を持ったＡＩが居るから。まあその殆どはネットワークに引きこもっていると聞くけれど。でも、別に珍しくはない。問題は――

「アンタ、Ｓｅｎａって言うのか？　なんだ、偶然だな。この船も……」

『大吾くん、こうしてお喋りするのは久しぶりだね。いつも元気なの、見てたよ？』

「……へ」

『私はＳｅｎａ。この船そのもの。私はこのレースカーの意思なんだよ』

そんな、まさか、あり得ない。とは、言えない。高性能なＡＩなら可能だろう。

「いつから？」

『最初から。この船が地球連邦によって大吾くんに渡された時から、ずっと』

「ずっと、意思があったんですか？」

『そう。あなたたちを、ずっと見てたの。……ずっとね』

彼女は笑った。泣きそうな顔で。

『あなたたちには、２つの選択肢があります』

優しい表情で、人魚は私たちに手を差し伸べる。

『――１つ。レースに戻る。そこで恐ろしい恐怖に出会うでしょう』

「……恐怖？」

『そう。恐怖。笑ってしまうぐらいの、恐怖。どうしようもない、純粋な恐怖』

彼女は続ける。

『――２つ。お家に帰る。地球は滅びる。あなたたちは幸せに暮らす。めでたしめでたし』

だいくんはおひさまみたいに笑った。

「当然、レースを続ける！　当たり前だろ！」

Ｓｅｎａは笑った。最初から分かってたみたいに。寂しげに。

「ちょ、ちょっと冷静に……っ」

「大丈夫だよ、しぃちゃん。お前は俺が護るから」

「……っ」

なんて格好良いセリフで、キュンとしてる場合でも無くてですね。

（違う。その逆）

あなたが私を護るだなんて事は、分かりきっている。だから私が怖いのは、その逆。

でも私はその妙な恐怖を、うまく言葉にすることが出来なくて——

「頼むぜ、Ｓｅｎａ！　レースに戻れる手段があるのなら！　俺たちと、地球のために！」

『了解。ここは発達した文明の次元みたいだけど……こんなの、私の敵じゃないよ』

瞬間、機内が虹色に輝いた。まるで人魚の鱗のように。コンソールが煌めく。想定外の方法で、深海のマップがパズルみたいに出来上がる。ごうん、とエンジン音が元気よく響いた。

（うそ。こんなの。ありえない）

どんなに優秀なＡＩだとしても、ここまでのスペックは持ち得ない。大体、速度が段違いだ。地球連邦が数ヶ月かけてつくったマップより遥かに高性能な物を、Ｓｅｎａは一瞬で創り上げた。それだけじゃない。機体のエネルギー効率が遥かに改善されている。一体、どうやって？

「ヒャッハー！　最高だぜ、Ｓｅｎａ！　さすがは俺の相棒！」

『やんやん♡　もっと言ってー♡』

私たちはアクセルを全開で踏む。これなら未だ、挽回は可能なのかもしれない。

(だけど、何故?)

何故私は彼の表情を、必死で目に焼き付けているんだろう?

――酷く遠くで、ごう、という隕石が落ちるような音がした。

海底に居る私が、そんな音を聞ける筈がないのに。気の所為に決まっているのに。

■

骸骨の仮面を被った、うさみみの少女が歌っていた。

「――今でも、愛を信じているの」

「天使も悪魔も」

「天国も地獄も」

「クローゼットの中の幽霊も」

「サンタさんのプレゼントも」

「恐怖のトイレの花子さんも」

「――居ないんだって。分かってるけど」

少女は星を眺めていた。手にはお気に入りのノコギリを握って。

ピカピカのレースマシンに立って、無限の宇宙を見つめていた。

「――それでも愛を信じてるの」

「絶望より」

「怒りより」

「悪意より」

「失意より」

「恐怖より」

「永遠より」

「無限より」

「諦めより」

「――愛が勝ると信じているの」

その歌声は天使のように澄んでいる。

「もしも明日が晴れならば」

「君を誘って遠出しよう」

「もしも明日に世界が滅ぶなら」

「全部を捨てて戦おう」

終末音色のようだとモニター越しの誰かが呟く。

「——今でも、愛を信じているの」

「ただ1人でも」

「惨めな足掻きでも」

「傷だらけでも」

「終わりがなくても」

「誰も私を覚えてなくても」

「——それでも、愛を信じているの」

宇宙が不意に光で満ちた。真っ青の燐光だ。世界が終わる光だ。

誰もが知っている終わりの予言。宇宙の希死念慮。逃れられないタナトス。

死の恐怖を体現した化け物が顕現する、蒼の光。それが宇宙を侵食していた。

「あなたの側に居れなくて良い」

「おはようのキスがなくても良い」

「あなたに包まれて眠れなくても良い」

「好きだよ。って言われなくたって良い」

――青色隕石が、真っ黒の空に顕現した。

「それでも構わない」

「私は愛を信じるの」

「君のために戦うよ」

ごうごうと宇宙が軋む。世界の終わりが始まる。誰もが恐怖で泣き叫ぶ。

「――かかってこい。お前なんか、ぶちのめしてやる」

少女は、愛のために世界を敵に回した主人公のように、ノコギリを構えた。

■

宇宙が、割れていた。

「だいくん。……あれ」

「……ああ」

深海から飛び出した俺たちが見たのは、割れる宇宙だった。宇宙が蒼の光で二分されている。

あれは隕石の光だろうか？　蒼い隕石の引力で、世界が酷く揺れていた。

「チキン・レースだ」

蒼い隕石の進路に、俺たちの目指すゴールがある筈だ。しぃちゃんは冷静にルートを計算していた。最高だ。さすがは俺の女だ。こんなことで逃げたりビビったりしない。

「他のレーサーたちは避難した可能性があります。私たちの勝率は上がりました」

「死ぬ確率も上がったかもしれんけどな」

彼女は不安げに俺を見た。知ってるよ。君は自分が死ぬだなんて、全然興味無いんだろ？　死なんて全く怖くないんだろ？　俺もそうさ。死なんて鼻で笑っちゃうね。

ただ、君が傷つくのが怖い。君もそうなんだろ。だからそんな目で俺を見るんだろ。

「全力で、行くぜ――」

「はい！」

Ｓｅｎａの機体が宇宙を目指して傾いた。一瞬で加速して、俺たちはすぐに大気圏を越えた。

目の前に、巨大な隕石があった。真っ青な宝石みたいな、美しい蒼だった。

「――綺麗だ」

「……あの隕石、一体、何なんでしょう？　強いポータル光で次元が歪んでいます」

「走行に問題は？」

「今のところはありません。軌道を計算。問題なく回避可能です」

けれど惑星・テングリは滅んでしまうでしょう、と彼女は続ける。それは何だか寂しい気がした。激闘を繰り広げた惑星だ。このまま無くなってしまうのは、悲しい。

「……待ってください！　計算が変更されました」

「何？」

「隕石の軌道修正。……私たちの方に接近しています」

「どういうことだ？　回避してくれ」

「してます。けれど、変わりません。隕石は、私たちを追尾しています！」

何が起きているのか分からなかった。それは、しぃちゃんの方もそうなのだろう。彼女は目を丸くしながら、ルートの変更と隕石の軌道計算を続けている。

『――そこで止まるんだ、D』

深く穏やかな声が響いた。それはSenaへの通信ではない。真空の宇宙に響く声だった。

「あれは、『ジェントル・マリス』？　ジェントル・クトゥルフの機体です！」

「……本当に、そうか？」

ジェントルの機体は、ピッカピカの真っ赤なマシンだった筈だ。けれど今は半透明のおぞましい触手に機体を覆われ、名状しがたい恐怖を放つ。一体何だよ、あれは？

『D。今すぐに停止しろ。従わない場合、攻撃を開始する』

「……何……言ってんだよ、ジェントル……？」

『停止しろ』

「だから理由を！　聞いてンだろうがッ！」

俺たちも、通信回線を開いているわけではなかった。けれどジェントルはよく通る声で、俺たちの言葉に応える。俺たちの知らない、威厳に満ちた神様みたいな声色で。

『青色隕石。あれの目的は、君だ』

「……なに？」

『君が生きている限り君を狙い、宇宙を滅ぼしてしまう災厄だよ』

しぃちゃんが、ハッとしてSenaを見る。ナース姿の人魚は泣きそうな顔で視線を逸らす。

「何故だ？　わけわかんねえよ！　隕石が、俺を狙っている？　どういうことだよ！」

『永い話さ。永い永いお話さ。遠い前世――いや、遠い次元から続く物語』

一瞬、何かが俺の脳裏を掠めた。メイド姿の獅子乃さん。1960年代。銀河鉄道。それだけじゃない。――ただの少女と少年だった頃の俺たち。ノストラダムスの大予言に立ち向かった99年。……何だ？　一体、これは何の記憶だって言うんだよ。

「……それで？　アンタは俺に何をさせようっていうんだ？」

『D。千子獅子乃を殺せ。今すぐに。因果を断つんだ』

「は？」

『それが君たちが君たちである条件だからだ。どちらかが死ねば、隕石は力を失う』

歌が聞こえた。いや、これはキャロルだ。遠い遠い気が遠くなるほど昔──きっと何兆年も昔に、旧い支配者を称えるために歌われた、美しい歌だった。

「はっ。ふざけんなよ、ジェントル。俺がこの子を傷つけるはずがない。そんな事するぐらいなら、宇宙なんて滅んだ方がよっぽどマシだぜ」

『ああ。だろうな。君たちはそういう人たちだ。……昔から、全く変わりがない』

狂気を呼ぶ恐怖が、ジェントル・マリスを覆った。その余りのおぞましさに、脳髄に氷をぶちこまれたような怖気を覚えた。一瞬で正気が消し飛ぶような迫力。

「かかってこい！　攻撃するってんならしてみろよ。俺たちはそれより速く！　ずっと速く！　逃げ切ってやる！　何でか分かるか？　俺たちは、レーサーだからだ！」

「……だいくん」

啖呵を切る俺の手を、しぃちゃんが摑む。

「ま、待ってください……ほんとに。彼が言っていることが、本当だったら……」

「あぁ？　何言ってんだよ、あんな与太話、信じるほうが間抜けさ」

「嘘。分かってるくせに。記憶、あるんでしょ？　思い出したんでしょ？　私たち、あの隕石を見るの、初めてじゃないです。何度も見ています。私とあなたで。いつも2人で。世界が──宇宙が滅ぶのを、何度も何度も見ている筈です。私も、今、思い出したの」

畜生。バカな俺の頭の中で思い出した出来事ってんならただの勘違いだけど、聡明な彼女までそう言い出すとなると話が変わる。そうか。本当にそうなのか。

「ジェントル。アンタ、俺たちのどっちかを殺しに来たんだな」

『そうだ、我が友』

まだ俺を友と呼ぶのか。

「……だいくん。私、彼の言うことが本当なら、別に――」

「それ以上言ってみろ。ぶっ殺すぞ」

君はそういう人だ。知ってるさ。

「一緒に生きるんだ。一緒に逃げるのさ。それで結婚するって言っただろ」

「……どうしても？」

「勿論。君となら宇宙の果てまで逃げてみせる」

「宇宙の果て？　そこに何があると言うの」

「君が居る。俺も居る。それだけで、良い」

「……うん」

彼女が笑った。その笑みを護るためだけに、俺はここに存在した。

「来いよ！　ジェントル！　チキン・レースだ！」

『行くよ。D。――お前の勇気で、宇宙の恐怖を超えてみろ』

重圧感が膨れ上がった。旧いキャロルが世界を揺らす。ジェントル・マリスから伸びる触手が一瞬で巨大化すると、俺たちを捕まえようとする。温存する余裕なんて無い。

「Ｓｅｎａぁああッッ！」

『はい、マスター！』

俺の叫びに呼応して、Ｓｅｎａはアクセルを全開にする。それだけじゃない。最適化された俺たちのマシンは、今までよりもずっと速く──まるで光のように駆け抜け始めた。

「だいくん！　思考速度を上げて。全開まで！」

「おう！」

考える。考える。考える。バチバチと神経が弾ける。世界が灰色になる。時の速度がゆったりと流れる。もっと。もっとだ。限界まで世界を注視しろ。分子の動き1つ見逃すな。神経は演算器以外の何者でも無くなる。だから──時が──静止する──。

「「ぶち上がって、きたぁあああああッッ!!」」

獅子の如く吠える。灰色に静止した世界を、真っ白のピカピカな機体が駆け抜ける。重力を操ったドリフト。音を置き去りにした加速。ここは、超音速の世界線。

『……フォックストロットみたいに綺麗だ。だが、僕だって』

がごん、とＳｅｎａが揺れた。半透明の触手は俺たちを捉えたわけではない。何千本もの触手が鞭のように自在に駆ける。俺たちは超音速でそれを避ける。しかし、何かが機体を揺らしていた。全開にしていたアンチグラビティ・フィールドを削っていた。

「ＡＧＦ、40%減少。このままじゃ危険です！」

(何だ？　一体、何に攻撃されている？)

目には見えない。計器にも、異常はなかった。レーダーもソナーも、それが何なのかを特定出来ていない。不意に、Ｓｅｎａが呟いた。

『あれは別の次元の技術。今の2人じゃ観測さえも出来ない力だよ』

「……別の次元？　なんだそりゃ？　じゃあ、ジェントルは」

『そう。彼もまた、次元を渡る冒険者の一人』

何だそりゃ。またぞろふざけた話だぜ。

「しぃちゃん。奥の手を使おう」

「本気……いや正気ですか？　あれは……」

「このままだとジリ貧で負けさ。どうせならイチかバチかだろ！」

それはいつもの俺の基本戦術だ。イチかバチか。命を張って、勝てば御の字。負けたら、……そうだな。ゲラゲラ笑いながら死ねば良いのさ。君も一緒に居てくれるしさ。

「ホント、仕方がないレースジャンキーですね」

しぃちゃんは小さく笑って、コンソールを操作し始めた。俺は攻撃の回避に集中する。

「ナノドローンを展開。人工筋肉の複製を開始。砲塔生成まで、残り20秒」

「了解！」

20秒の間、機体の出力は下がって無防備になる。その間、俺は何としてでも攻撃を避け続けなければいけなかった。考える。考える。考える。神経が灼き切れる。脳みそがぶっ壊れるのを感じる。知るもんか。いつだってそうさ。必死に生きる。死んだらそれまで。

「うおぉおおおおおッッ！」

19秒。船尾を下げて回避。18秒。次の体勢を整える。17秒。一気に加速。16秒。フェイントを混ぜながら曲線に動く。15秒。触手の下に潜り込んだ。ここから先はコンマの世界──右左右左上横に回転して左左上下右左右下上がって左。14秒。一瞬で静止。大きく空振り。13秒。速すぎる。逃げられない。受け身を取る。12秒。ああクソ死にそうだ。やってられるかクソッタレ。11秒。ギリギリ生き残る。ダンスは続く。10秒。──時が止まる。

『Dィイイイイイッッ！』

9秒。左右に動いて拡散。8秒。パターンが読まれる。7秒。ギリギリで回避。6秒。いける。5秒。全力で直進。右翼が破損。4秒。右左上上下右左右下上左。3秒。超高速のインメルマンターンを12連続。2秒。左翼も破損。すぐにブレードを展開。立て直す。1秒。

「砲塔を生成しました！　目標を捕捉。出力最大！　いつでも撃てます！」

「いっけぇえええええええ！」

瞬間、巨大な光が宇宙を覆った。それはSenaが作り出した砲塔による巨大な全方位レーザーの照射だった。マハマユリの性質を受け継ぐそれは、絶大なエネルギーと引き換えにあらゆる防護を振動させて破壊する。正確な周波数に合わせた俺たち以外の全てを。

「エネルギー残量、３％。これで本当にすっからかんです」

「……だが、俺たちの勝ちだ！」

光が晴れる。そこに『ジェントル・マリス』の姿はない。真正面からアレを食らって、走行可能なわけがないんだ。俺たちはハイタッチして、アクセルを踏む。

(ジェントル。……あんたは)

彼は俺たちを殺そうとした。俺たちを友と呼んだ。それは矛盾しているのだろうか？

『──永遠に眠るク・リトル・リトル。夢見るままに目覚めたり』

真空の宇宙に、キャロルが響いた。

「……え？」

「なっ」

まるで宇宙の神様みたいに。
まるで深遠な恐怖みたいに。
まるで普遍の終焉みたいに。

巨大な闇の真ん中に。巨大な触手の塊が蠢いていた。

『流石だね、D。命知らずにも程がある。ああ、君たち人間はいつもそうだ。恐ろしい恐怖に、ちっぽけな勇気1つで立ち向かう。まるで物語の勇者みたいに』

「……マジかよ」

『──それで良い。それで良いんだ人類よ。終わりの闇を、愛と勇気の灯火で照らせ』

もっと早くに気がつくべきだったんだ。『それ』は俺たち人間如きが敵うような存在じゃなかった事を。『それ』は余りにも大きな存在で、勝ち目なんて最初からなかった事を。

『終わりだ』

一瞬で触手の塊が展開する。それは星1つ飲み込みそうな程の距離まで広がると、子供が蜻蛉を両手でパンと捕まえる時のように、俺たちを押し潰した。

Senaの機体が歪む。核融合反応が起きて爆発する。まるで小規模の太陽のように。

『ごめんね』

俺の友がそう呟いた。一瞬の静寂。──その瞬間だった。

「──お先に、失礼！」

真っ白の機体が宇宙を駆け抜ける。超音速の速度。翼をナノドローンで修復しながら。

『……なっ！』

「騙されたな、ジェントル！」

彼が押し潰したのは、ナノドローンに照射された、Ｓｅｎａの形を模したホログラムだ。人工筋肉の複製で、ガワだけならＳｅｎａを忠実に再現していた。

「これぞ俺たちの奥の手、トカゲの尻尾切り！」

「……奥の手と言うには格好悪すぎですけどね」

「俺たちゃアーミーじゃない。レーサーさ！　速ければ良い。それだけさ！」

レーサーの照射でジェントルの計器を狂わせて視界を閉ざし、その間にデコイを複製して全く違うルートで逃げる。卑怯と言いたきゃ言えば良い。何をしたって速い方が勝ち。それがこの砲弾レース『ラペル・デュ・ヴィド』！

『待て……！　Ｄ！』

「悔しかったら追いついてみな！　そのデカブツじゃ無理だろうけどな！」

恐らく、『ジェントル・マリス』の巨大化した姿は彼の奥の手だったのだ。巨大化して触手を伸ばすことで、攻撃に専念する。だが代わりに機動力を失った。

「それでどこに逃げるんですか、だいくん」

「当然、ゴール・リングだろ！」

「この期に及んで？」

「まだレースは終わっちゃいねえ。勝ちに行こうぜ！」

「くすくす。ええ、そうですね。お供します」

ゴールも潜る。隕石からも逃げ切る。俺たちならきっと、それが出来る。

「――さあ、最高に楽しいことをやりに行こう」

誰よりも早く。世界の終わりよりも、ずっと早く。

■

『大混乱！　大混乱です！　ラペル・デュ・ヴィド史上初の、世紀の大混乱が今、起きています！　蒼い隕石により次元が歪められ、ポータルが不安定！　人工惑星「マリア・マキリン」も被害が出る可能性があり、今、現場は大混乱を極めています。恐怖で泣き叫ぶ人々！　我先にと逃げる長蛇の列！　それでも！　それでも未だ、彼らは！　命知らずの馬鹿どもは！　リングを目掛けて一直線！　いえ、更に速度を上げて――駆ける・駆ける・駆ける！』

赤毛のアナウンサーが興奮気味に叫んでいた。私は思わず、アナタもさっさと逃げなさいよ。と思う。だけどきっとそれは、私たちの言えた義理では無いのでしょう。

『何故、彼らは誰一人諦めていないのでしょう？　何故、命の危機に瀕されながらも、誰よりも早く走ると言うのでしょう？　けれど間違いの無いことは、私はそれを見届けると言うことです。たとえ命の危機に晒されようと！　あなたたちの疾走を見届ける！　最後まで、実況を続けます！　だから！　だから！　行け！　行け！　行けぇぇぇえええぇっっ!!』

実況を聞いて隣を見ると、だいくんが吹き出して笑っていた。私も思わず笑ってしまう。

「しぃちゃん。あれが、トップ集団だ！」

「はい！　追いつきます！」

エネルギーはすっからかん。とっくにシールドもブレードも尽きている。だけどSenaの最適化されたエンジンは、速度だけは最高を維持し続けてくれていた。

『ラストスパートォオオ！　出し惜しみは無しッ！　全てのレーサーが今、青色隕石目掛けて駆け抜けます！　流星のように、音さえも置き去りに！　先頭を走るのはなんと大穴！　9番の「ラペルカ・ペルカ」！　2番手に35番「ジェリクルキャッツ」名門の意地を見せつけます。誰が勝ってもおかしくはない、数十もの流星が星空を駆ける！　あぁーっと！　ここに来て！　追い上げる！　追い上げる！　あれは！　18番！　18番の「BMC」だぁあ！　もの凄い追い上げです。これは、ひょっとすると、ひょっとするのかぁあ！　「BMC」、ボロボロの機体で、上がる、上がる、上がる！　先頭集団に――え？　いや、これは……！』

Senaの速度が落ち始めていた。私はすぐに状況を確認する。

「……隕石です！　隕石の次元の歪みのせいで、速度が落ちています！」

「クソ。俺たちにはアンチグラビティ・フィールドが無いから、特別影響するのか」

勝つ方法を、考える。絶対に諦めない。だって私たちは勝つんだ。そして結婚して、幸せになる。誰よりも早く駆け抜けるんだ。彼は笑った。

「しぃちゃん。後は頼むぜ」

「……――え？」

「勝てよ、絶対に」

だいくんは、一瞬でハッチを開ける。瞬間、けたたましい警報が響いた。念のため着用していたアンチグラビティ・スーツが生存可能な環境を局所的に作り出す。

「愛してる」

「――ばか」

彼が何を考えているのか分かった。痛いぐらいに理解してしまった。ああ、この人は――

だいくんは、宇宙に飛び出した。

彼は数百機のナノドローンと人工筋肉で小さな推進力を作ると、凄まじい速度で空を駆ける。

「ばか！　ばか！　ばか！　ばか！　ばかああああああああ！」

私の叫び声は、とっくに聞こえなかった筈だ。

(隕石は、だいくんを狙っている。それが本当だとすると――)

計器を確認する。青色隕石は軌道を大きく逸れていた。……本当、だったんだ。

（Ｓｅｎａへの隕石の影響が少なくなった。これなら……！）

――私は、躊躇わなかった。

『18番！「ＢＭＣ」！　怒濤の追い上げだぁあ！　な……ッ、速すぎる！　まるで光の矢のように！　一直線に駆け抜ける！　怪物！　まさに怪物です！　圧巻の速さだぁッ！　……嘘。あれは、生身？　……生身です。あの団子状態の先頭集団を、シールド1つ無く駆け抜けるつもりなの？　恐ろしい程の命知らず！　少しでも機体が擦れたらクラッシュです！　けれど止まらない！「Be More Chill」。その名前とは裏腹に、魂を燃やして駆け抜けるッ！』

――舐めるなよ。

「おおおおおおおおおおおおおおおおおおおッッ!!」

22番『味職人』の体当たりを紙一重で避ける。76番『アーサー・ベア』を下から抜くと、スペースデブリがＳｅｎａの機体を貫いた。構わない。41番『天使の銃身』が闇を覆う程の弾幕を張る。うるさい。うるさい。そんな連中の相手をしてる暇は無い。

『18番！「ＢＭＣ」！　今、9番の「ラペルカ・ペルカ」を抜き去って！　後は一対一！　35番「ジェリクルキャッツ」との一騎打ちだぁああ！　銀河一の資本力を持つ、大会2連覇中の本命――「ジェリクルキャッツ」と、私たち皆の失われた故郷、地球のおんぼろ「ＢＭＣ」が全く互角のデッドヒートだぁあ！　速い！　速い！　速い！　今、彼らよりも速いのは光だけ。青色の隕石に照らされながら、ゴール・リングを目指す！　目指す！　目指す！』

——私を！　だいくんを！　地球を！　舐めるなよッ！

「いっけえええええええええええええッッ!!」

時が止まった。

音は無かった。

光だけが急に。

機体を灼いて。

『——優勝！　優勝は！　18番！「Be More Chill」！　なんという大番狂わせ！　息を呑む程のドライビング・テクニックで駆け抜けたのは！「Be More Chill」です！　今！　この宇宙で！　最も速いのは！　地球！　地球のレーサー！　世紀の大逆転劇です！　この終わりを、誰が予想したでしょうか？　私たちの故郷は——今、復活！　しましたッ！』

光の雨！　音のシャワー！　叩きつけるような、大歓声！　幾万のスポットライトが私たちを覆う。沢山の画面が私たちを見ていた。全宇宙に同時中継されているスタジアムと画面は繋がっていた。音の速さを遥かに超えて走っている私たちの事を、画面は必死に追いかけていた。大勢の人たちが私たちを見て叫んでいた。あれはきっと祝福だ。

ヒーローの顔を一目見ようと、声を一声聞こうと、私たちを待ってくれていた。

「……──でもごめんなさい」

私は一瞬で方向を転換する。

「私のレースは、未だ終わりではないの」

そうでしょ？　だいくん。だからあなたは、Ｓｅｎａから飛び出したんでしょ？

私がレースで優勝して、隕石よりも早く、あなたに辿り着く。

それが、私たちの完全勝利。私を信じてくれた男への義務。


あなたを思うと──私、まるで無敵みたいに感じるの。


「行きますよ。Ｓｅｎａ！」

『うん、獅子乃ちゃん！』

汗だくの体で。ボロボロの機体で。私は──叫ぶ。

「らぁあああああああああああああああああッッ!!」

まるで獅子の咆哮のように。

まるで獅子の疾走のように。

──貴方の元に駆けつける。

（貴方を護る。何度失っても。何度毀れても。私は貴方を護り抜く）

レースのコースを逆走していると、遠くに青い隕石が見えた。

『獅子乃ちゃん。隕石の影響圏内に入るよ。機体を安定させて』

「了解！」

機体はボロボロ。バランスを取るのも精一杯だ。だけど、デカブツの隕石なんかに私の疾走が負ける筈がない。隕石を追い抜いて、世界の滅びも追い抜いて、私と彼は幸せになるの。

――不意に、視界を『うさみみ』が掠める。

「……え？」

「……あっ」

青い隕石とすれ違う瞬間。全く同時に、私たちは互いに気がついたようだった。

「シャ……シン……？」

一体、彼女は何をしているのだろう。彼女は、青い隕石の上に、ボロボロの血だらけで立っていた。何かと闘った後だったのだ。沢山の真っ黒な死体からノコギリを抜くと、彼女の体は真っ青な燐光を纏い始めた。それはまるで、隕石の力を奪ったみたいに。

『……兎羽ちゃん、超距離の次元間移動をするつもりだ』

Ｓｅｎａが呟く。その言葉の意味はわからなかった。

「兎羽？　それって、シャシンの本当の名前？」

『うん。近似の次元には、兎羽ちゃんの目的地は無かったんだ。だから、遠くの遠くの、気が遠くなるほどの遠く、宇宙の果ての次元……宇宙が産まれた場所を目指すの』

「……隕石の力を利用して？」

何だ、それは。たった1人で、彼女はそんな壮大な計画を進めていたというのだろうか？

私たちが宇宙の端を目指している間に、彼女はもっともっと遠くに旅立とうとしていたの？

「でも、何のために」

『運命に打ち勝つために』

「え？」

『彼女は──「運命」……つまり宇宙の法則そのものと闘ってるの。たった1人で。もう随分と永い間。自分だけの願いを叶えるために、闘っているの。宇宙の法則を壊そうとしてる』

運命。なんて空々しい言葉だろう。そして、なんて恐ろしい言葉だろう。

(シャシン。何故私が貴方が苦手なのか、分かりました)

だって貴方は美しいから。私よりもずっと、綺麗だから。そして誰より強いから。

『獅子乃ちゃん。急いで逃げて』

「何故？」

『兎羽ちゃんが。船を作った』

背後を見る。そのとおりだった。隕石に立つうさみみの少女は、青い燐光を小さな船の形に編んでいた。次元を移動する船——マヌの船。シャシンはそれに乗り込むと、ニヤリと笑う。

「——ファイナル・ラップだ」

シャシンは蒼い船を巧みに操って、光のような速度で駆ける。私の背後を猛追している。何故？　彼女は何故、私を追って来るの？　考えて、気が付いた。

(彼女は私を追っている訳じゃない。この先に居るのは……——)

だいくん。私の恋人。私の全部。彼が、宇宙に漂っている。私の勝利を信じながら。

「今回こそ『彼』を貰うよ、しぃしぃ」

「……ふっざけんな」

お互いに、呟いただけだった。それなのに、耳元に囁かれたみたいに鮮明に響く。

(シャシンの目的は、だいくん。彼のために闘っている。彼のために旅をしている)

何故か分からないが、痛い程にそれを理解してしまった。きっとそのために運命と闘っているのだ。宇宙の法則をぶっ壊そうとしているのだ。なんて勇敢で恐ろしい少女なんだろう。

「あの人は……」

私は叫ぶ。

「あの人は……——私ンだぁあああああああああッッ！」

全力でアクセルを踏む。しかしボロボロのＳｅｎａは最早、慣性で動いているのも同然だ。これ以上闘うためには、私も何かを捨てなければならないだろう。

「……ッ、ぐぁああッ」

私はナイフを取り出すと、自分の腕に突き刺して、強引に切り離した。痛覚を切断するのを忘れていたため、痛みで脳が激しく叫ぶ。しかしすぐに対応した。

『獅子乃ちゃん！』

「Ｓｅｎａ……これを、人工筋肉に」

私は自分の片腕を無造作に投げる。ナノドローンがそれを受け取ると、すぐに人工筋肉の足しにする。良質なタンパク質を手に入れたそいつらは、私の腕をエネルギーに分解した。

『す、すぐに止血を！』

「そんな事してる暇、無いッ！」

私はクラッシュした他の機体を避けながら、全力でマシンを走らせた。クソ。腕じゃなくて足にするべきだったかもしれない。片手じゃ運転が難しい。

「しぃしぃ……ッ！　手加減は、なしだぜッ！」

「――上等ッ！」

シャシンはその言葉に一切違い無く、船から何千何万もの蒼の弾丸を解き放った。真っ青の燐光を纏った、小さなうさぎの形の光の弾丸。

（これは、回避出来ない！）

なんて殺意全開の弾幕だろう。思わず私は少しだけ笑った。

（あれ。何で今私、笑ったのかしら）

分からない。ただこの危機的な死地において、負の感情は皆無だった。

「……Ｓｅｎａ」

『うん』

「今まで、ありがとう」

『どういたしまして。また遊ぼうね』

ナノドローンの３Ｄプリンタが、Ｓｅｎａの機体に機雷を仕込んだ。私はハッチを開くと、勢いよく船外へと飛び出す。慣性とジェットパックで無重力の中を真っ直ぐに駆けた。

「なァっ⁉」

Ｓｅｎａが真っ赤な大爆発を起こす。まるで超新星爆発のように。

シャシンの乗っていた蒼い船――マヌの船は、どれだけ耐久力があるのだろうか？　アンチグラビティ・フィールドがあるとしても、あの爆発に巻き込まれて無事だとは――

「舐めんなァ――ッ！」

蒼の船が、ボロボロになりながら炎を飛び出した。

「ワ〇ピース読んでないのかお前は！　ゴー〇ングメリー号と別れる所、もっと見直せ！」

シャシンはなんかよく分からない事をほざいていた。キョロキョロと辺りを見渡しながら。

そう、彼女は私の位置を見失っていたのだ。これが私たちの奥の手——トカゲの尻尾切り。

（速度は……ギリギリ？　やるしかない）

『イチかバチか』も私たちの基本戦術だものね。私は薬指のリングでナノドローンを操作すると、簡易的なポータルを形成する。隕石の影響なのか、どこか不安定だ。慣性の速度そのままに、私はその中に飛び込んだ。

「……え？」

「御機嫌よう。シャシン」

こんな即興のポータルでは、数十キロ程度の瞬間移動が関の山だ。だが完全にタイミングを見計らえば——この慣性の速度を保ったままなら——シャシンの船の背後に付ける。

「……マジか、こいつ」

「さあ、——インファイトしましょうか」

爆発の衝撃で、シャシンは速度を落としていた。この一瞬。この一瞬だけが、彼女の船に生身で乗り込める瞬間だった。私はアンチグラビティ・スーツの重力操作で船に飛び込む。

「……生身で超音速の船にドッキングとか、流石に化け物すぎるでしょ」

シャシンがノコギリを取り出そうとした。私はそれより先に彼女に肉薄して、腕を取ると鳩尾に肘を埋め込んだ。クリーンヒット。その瞬間、私の顎が彼女の膝で跳ね上げられた。

「らぁあああああああああああッッ――！」

「だぁあああああああああああッッ――！」

拳を交わす。

蹴りをパリィして関節を取る。

目つきを狙ってカウンターを食らう。

笑ってしまうぐらいに、ただの本気の殺し合い。

（この人……強い！）

あの土壇場でSenaが止血をしてくれなければ、きっと私は出血多量で倒れていただろう。

私は必死に体を動かす。でも何故？　私はレーサー。アーミーじゃない。なのに、魂が体の動かし方を知っている。まるで歴戦の傭兵のように、流麗に殺し合う。

「死ね」

――渾身の隙。私はシャシンの攻撃をしのいで、それを見つけた。確実に殺れる。確信した。

「にひっ」

「……え？」

私の放った渾身の突きは、読まれていた。紙一重で避けられる。

「君のことなら何でも知ってるんだよ、しぃしぃ」

彼女は呟くと、流麗な足払いで私を転がす。倒れる私に彼女が止めを刺そうとする。

——死ぬ。その予見はもはや当然の出来事だった。まるで最初から決まっていたみたいに。

(だいくん)

最後の瞬間に、彼の顔を思い浮かべる。

だめ。私、彼を護るの。何をしたって護るの。死んだらそれが出来なくなる。

「ぎあっ」

けれど苦悶を漏らしたのは、私ではなくシャシンの方だった。

何故？　彼女は力なく後ずさると、自分の額に触れた。

「はぁ……はぁ……クソ、もう、時間が……！」

シャシンが呟いたのと同時だった、彼女の仮面が割れる。

「ぐぎっ」

蒼い花だった。彼女の仮面を破壊して、彼女の片目から蒼い花が燐光を纏いながら咲き誇っている。それだけじゃない。それは瞬きと瞬きの間の出来事だった。余りにも突然に。

——真っ青な花が、真っ黒な宇宙を埋め尽くす。

(急に。なんて綺麗な……花畑——)

それは巨大な隕石と同じ蒼の燐光を放ちながら、私たちの四方八方を囲んでいた。

「……しぃしぃ。タイム・オーバーだ」

苦しげな声色で、シャシンが呟く。

「私の超長距離次元間移動が始まる。大吾クンだけ確保したかったんだけど」

もう間に合わない、と彼女は告げた。

「このままだとあの蒼い隕石は、宇宙を滅ぼしてしまうの」

「どうやって」

「メチャメチャな方法で。結果的に、この宇宙は最初から無かったことになる」

意味は分からなかったけど、何となく理解はした。この蒼い光。それは、余りに儚げな光の色で、滅びを意味しているのは明確だったからだ。

「だからしぃしぃは、遠くに逃げるんだ。だいくんを連れて、遠くに」

「何故急に？　さっきまで敵対してたくせに」

「時間切れだもん。もう何をしても私は君には勝てないんだもん。だったらさ……だったら……言うしかないでしょ？　アドバイス的なヤツ」

合理的だ。彼女の言葉を信じる理由は無かったが、本能が信じて良いのだと告げていた。

……何故だろう。私は、宇宙で誰よりも彼女の事を信じているみたいだ。

「あなた、本当に」

私はそれに気づいてしまう。

「本当に、だいくんを愛してるのね」

「ふにゃっ。違っ、なに急に。こわっ。いや、うん、別に、いや、え、何っ」

それはあんまりあからさまな表情で、私はなんだか本当に笑いそうになってしまう。

「――何よ。まるで恋する乙女じゃない」

「う、うるさいなこの妹」

「妹？」

「……あー、まー、うーん。なんてゆーか」

そう。妹。私とこの人は、姉妹なのね。それが何故か、妙にすとんと胸に落ちる。

「本当に。もうだめだな。時間が無いや」

「行くの？」

「そうさ。別の君と喧嘩をしにね」

シャシンの片目から咲いた蒼い花が、煌々と強い光を放ち始める。彼女は笑った。

どこか悲しそうな、泣きそうな、舞い散る桜のような笑みだった。


「ばいばい、しぃしぃ。幸せになりなよ」


それは、心からの祝福の言葉で。

「……うん」

私は小さな子供みたいに頷くと、彼女は青い光に呑まれて消えていった。きっと遥か遠くの別の次元に旅立ったのだろう。恐ろしいほどに勇敢に。おとぎ話の勇者のように。

（ありがとう）

何故か私は心の中でつぶやいていた。ありがとう。そして頑張ってね。

大好きな私のお姉さま。

（なんて考えている場合じゃないか）

背後に、巨大な隕石の青が覗いた。そいつは、運命みたいなツラをしていた。

■

「――だいくん！」

声がして振り向くと、蒼い船に乗ったしぃちゃんがこっちに手を振っていた。宇宙空間にふわふわ浮かびながら、俺も彼女に手を振り返す。

「しぃちゃん！　レースは？」

「勝ちました！　だけど、勝負はここからです！」

減速した機体が俺の側に寄せられる。俺が蒼い船に乗り込むと、上空で爆音が響いた。青い隕石が、俺達の背後に迫っていた。もう時間が無い。

「あの隕石、速くなってやがる！」

「全力で！　行きます！」

　俺たちはアクセルを全開にして宇宙を駆けた。全くいつも通りに。俺たちはいつだってそうだ。全力で走る。必死に駆ける。それ以外のやり方を、1つだって知らない。

　恐怖から。

　絶望から。

　諦念から。

　終焉から。

　——逃げるのだ。ケツを向けて、全速力で。けれどそれが、俺たちにとって、宇宙と真っ向勝負するということなんだ。それがレーサーの闘い方さ。だろ？

「らァアアアアアアアアアアッッ‼」

　アクセルを思いっきり踏み込んだ。星々の海を、恐ろしい速度で駆け続ける。ここは超音速の世界。俺としぃちゃんだけの場所。

（ああ、最高に楽しい人生じゃねえか）

　逃げる。逃げる。逃げる。音を遥かに置き去りにして。光さえも手を伸ばせば届きそうな程。

（けれど、同時に分かってもいた）

『逃げる』ことの欠点。何、単純な話だ。俺たちより速い者からは逃げられない。どんなに必死に足掻いてもね。単純な話。速度って奴は余りにも正直で残酷だから。

「だいくん。見てください。あの、隕石」

いつの間にかすぐ後方まで迫っていた隕石。重力に引っ張られそうになる。

「あれ、隕石じゃない」

彼女がぽつりと呟いた。

「あれは、巨大な人間です」

「……え？」

「巨大な人間が、落ちてきてる」

隕石の外郭がこぼれたその中から、人間の目が覗いていた。巨大な瞳は酷く無機質で、けれど見慣れた造形が、その人間性を証明していた。恐ろしい程に、あれの中身は人間だった。

（はは。馬鹿げた話だぜ）

初めはトロかったそいつは、いつの間にか俺たちよりも遥かに速度を増していた。必死の形相で俺たちを追いかけていた。

（あれはダメだ。逃げられない）

何だよ畜生。どう足掻いたって変えようがない。テメエ、運命か何かのつもりかよ。

「しぃちゃん」

「なんですか」

「人の居ない場所に行こう。誰も巻き込まない場所に」

彼女は泣きそうな顔で、頷いた。そう、君も分かったんだな。俺よりずっと聡い人だしな。

俺は彼女の小さな体をぎゅっと抱きしめた。

「……私、頑張ったんです。最後まで。一人になっても。マシンが壊れても。腕、無くなっても。最後まで。諦めないで、走ってきたんです」

「知ってるよ」

見てなくたって知ってたさ。君はそういう人だから。

「貴方の隣に、居たかったから」

ごめんよ。俺は、また無力だった。俺がもっと速ければ、もっと強ければ、小さな君を、恐ろしい全ての物から守ってあげられるのに。

出来るのは、少しでも君の不安を拭えるように、ヘラヘラするだけ。

「笑おう、しぃちゃん。笑うんだ」

「……どうして？」

「だって、最高に楽しいレースだった。最高に楽しい恋だった」

彼女の心臓の鼓動を感じた。

「だから、最高に楽しい人生だった。そうだろ？」

彼女は少しだけ驚いてから、とんでもなく優しい表情で笑って、頷いた。ああ、なんだよ。

君のそんな顔を見るだけで、俺は自分が生まれてきたことの意味を知るんだ。

「あーあ。結局、ちゃんと見れなかったな。しぃちゃんの体」

「大層な物ではありません。ただのタンパク質の固まり」

「2人で、旅行に行きたかったな。ボウケンなら、火星のサイバー京都とか」

「くすくす。ボウケンなら、沢山したじゃないですか」

そりゃあそうだ。俺たち、色んな事をしたもんな。


「メカニックを探して、地球中を飛び回ったり」

「アナログ機械のマフィアと揉めて、抗争にもなりましたよね」

「それに最高のボウケンはあれだな」

「どれ?」

「目隠ししたままお風呂!」

「……えっち!」


なんて、2人でくすくす笑う。ああ、これでいい。俺たちの最後は、これでいい。最高の人生には、最高の終わりが似合いだもんな。俺は彼女を見つめた。

「愛してるよ」

一回だけじゃ言い足りない。何千回だって何万回だって、愛してると繰り返したかった。けれど、どうやら俺たちにそんな時間は残されていないみたいだ。

「もしも、来世があるのなら――」

彼女は優しい笑顔のままで、一粒だけの涙を零す。

「――その時は、お嫁さんにしていただけますか？」

俺は、宇宙で一番綺麗な物を見たと思った。

永遠に彼女の表情を覚えていたいと思った。

何があっても、もう一度彼女に会おうと決めた。

黄金が視界を掠めたのは、その時だった。


「だめデス。美しく輝く勇気を、手放さないで」


声が響いた。美しい声だった。

「……スネイルナイト？」

白銀の甲冑を着た少女が、俺たちを護るようにして立っていた。蒼の花を足場にして、巨大な純白な剣を構えている。蒼い隕石の放つ燐光に、彼女の兜が弾かれた。

「大吾サン。獅子乃ちゃん。遅れてごめんね」

「え？　俺たちを、どうして――」

『――てめえかよ』

蒼い隕石の中の人間が、化け物じみた声で言葉を遮る。

『また来たのか。また邪魔をするのか。英雄の残り滓風情が。おれを邪魔するのか』

（あの隕石の中の男、喋れたのか──）

ギョッとする俺たちを背に、少女は怯まず立ち向かう。

（ダメだ。あんな大きな化け物に、勝てるはずがない）

兜の下に、彼女は黄金の髪を隠していた。真っ青の瞳に、自信を湛えた小さな口。俺は、彼女をどこかで見たことがあるような気がした。その美しい、黄金の騎士を。

「──私は中庸騎士団、騎士団長。リンゲイト・アカツキ・ホーエンハイム。蒼の終わりよ。貴方に恨みの1つもありませんが、我が信仰のために討ち果たさせて頂きマス」

青の隕石に閉じ込められた人間のような化け物は、呵々と笑った。まるでよく出来た冗談でも聞いたみたいに。

『中庸の防衛機構！　黄金のかたつむり！　多元宇宙の冒険王！　貴様は！　ああ、貴様は！　いつまでそんな無意味な事を続けるつもりだ？　無限の宇宙を護ろうというのか？　英雄気取りで？　お前如きが？　たったひとりで？　一体お前、なにさまのつもりだ？』

俺はあの黄金の騎士を知っていた気がした。その名前を知っていた気がした。「リン……？」

思わず口をついてしまう。まるで、長年の友達の名でも呼ぶように。

饒舌な宇宙の終わりを目の前にして、酷く痩せっぽちの少女は呟く。

「私は英雄ではありまセン。そんなに素晴らしい物ではない。私は、この宇宙の連続性を信じているだけ。この他愛も無い日常を愛しているの。宇宙は連続するに足り得る価値がある。その努力は、他のあらゆる全てに勝る。だから、私はここに立っている」

少女は真っ白の剣を構えた。誰も傷つける事の出来そうにない、なまくらの剣だった。けれどあの少女は、その剣で闘うのだ。それが痛い程に理解出来てしまった。スネイルナイト。かたつむりの騎士。誰かを傷つける事の出来ない、勇気の戦士。

『やめておけ。貴様はどうせ、何者にもなれない』

少女は、寂しげに頷いた。

『お前は誰も救えない』

少女は、泣きそうになりながら目を閉じた。

『無意味だよ』

少女は――黄金の信仰者は、森羅万象を祝福しながら、ひとりぼっちで笑っていた。

「――さあ、決闘を始めよう。飽きて死ぬまで、愛してあげる」

世界が大好きな小さな少女は、巨大な終わりに闘いを挑む。

エピローグ　それぞれの終わり

朝だった。見慣れない天井に驚く。そうか。今日は、中華街から出て初めての朝だった。新居で迎える初めての朝。隣を見ると、兎羽は居ない。時計を見ると、既に9時を過ぎていた。きっと登校したのだろう。昨日は随分と緊張しすぎて眠れていないようだったから、心配。

「……あいつに、会わないと」

俺は急いで着替えると、家を飛び出す。向かうのは俺たちのホーム、中華街だ。この時間なら、あいつはきっとあそこに居る。会わないといけない。話をしないと。けれど、何を？

「——リン！」

雑踏の隙間に、黄金色の髪の少女を見つけた。相変わらず、胡散臭いチャイナドレス。

「ダイゴ？　どうしたんデスか？」

「おま……お前……リン……おま……」

何を言うべきなのか分からなくて、口ごもる。リンゲイト・暁・ホーエンハイム。俺の友達。中華街で管理人を始めた時からの仲で、気のおけない大切な友人の1人。

「アハハ、どうしたんデス？　まるで幽霊でも見たような顔をシテ？」

分からなかった。何をして良いのか。どう解釈して良いのか。でも、どうしようもなくて、

俺は、自分の本能に従うことにした。どうしようもないぐらい狂おしい願いに。

「……ダイゴ？　ほんと、どうし……わふっ♡」

俺は、彼女の体を強く抱きしめた。

「……ありがとう。リン。……本当に。本当に。ありがとう」

「な、なんデスかダイゴ。痛いデスー！　もー！　朝から何酔っ払ってんデスカー！」

細い体だった。大きな剣なんて、絶対に持てないような、細い肉体。けれど。

「──中庸騎士団。って知ってる？」

俺が呟くと、彼女は一瞬固まって、すぐに泣き笑うような表情で呟く。

「そう。私のことまで、思い出してしまったんデスね」

「おま……お前……もしかして、最初から」

リンはいたずらっぽくぺろりと舌を出して笑うと、黄金色の髪をなびかせながら、抱きしめる俺の頬を両手で挟んだ。強い力。まるで歴戦の騎士のように。

「──ちゅー♡」

「むがっ!?」

「ちゅっ♡　ちゅっ♡　ちゅ──っ♡　れろっちゅー♡」

「むがっ、むがっ」

強引に唇を奪われる。逃げる暇どころか、単純に力負けして避けられない。彼女は母猫の乳を吸う子猫みたいにたっぷり俺の唇をいたぶると（中華街の人波の中で！）、にっこり笑う。

「ダイゴ、キス、下手」

「ばっ……何すんだ、てめえ！」

彼女は目を細めて、俺の視線を覗き込むと、自分の唇に触れた。

「──私の事を詮索したら、キスしたコト、皆にバラしちゃうから☆」

1つ、分かったことがある。

こいつはどうしようもなくとんちきな、得体の知れない少女で──

──どうしようもなく油断のならない、恐ろしい英雄だという事だった。

■

私──千子兎羽は困っていました。

「ぐぬぬぬぬぬ」

というのもそれは、昨夜のコト。大吾クンがいきなり『獅子乃ちゃんが倒れたかも』とか言ってデートを中断して走り出したかと思うと、彼の予想はドンピシャ。倒れたしぃしぃを介抱

——とここまでは良いのですけれど——、それからお買い物に行く振りをして隠れていた私は、見てしまったのです。しぃしぃのあの表情を。

(大吾クンを見つめる、乙女の顔を)

驚いてしまった。あんなにわかりやすいんだね。しぃしぃ、大吾クンを愛してるんだ。恋とかそんな弱いモノじゃない。どうしようもない程に、狂おしい程に、愛している。

(……私に、あんなに強い意思があるんだろうか)

私は弱い。酷く弱い人間だ。怖いことからすぐ逃げる。誰かと喧嘩してまで何かを取るのなんて、今まで一度もしてこなかった。彼女のように死地に飛び込む勇気なんて、無いよ。

「——お姉さま」

JRの石川町駅の改札を抜けた所だった。そこに、真っ白の髪の少女が立っていた。きっと私を待っていたのだろう。昨夜から会話を避けていたので、少し気まずかった。

「しぃしぃ」

「昨夜はごめんなさい、お姉さま」

「……それって、何に対してのごめんなさいなわけ？」

彼女は少し考えてから、ぽつりと呟く。

「確かに、何にかしら。殴りたいから殴った人が、被害者に謝罪の言葉なんて無いわよね」

「何でそう、冷静かなー」

クール過ぎるぜ、うちの妹。旦那が好きなのが姉にバレて、この氷の表情だもの。

「やっぱ、強いぜ……しぃしぃ」

「……強い？」

「私だったら、ビビって逃げちゃう。二度と顔なんて見られないよ」

彼女は小さく笑った。

「うそ。お姉さまは……本当は一番強いくせに」

「え？」

「あなたは、本当に愛した者のためなら、本当に何だって出来てしまう。恐怖に立ち向かう勇気がある人だもの。私とは、違うわ」

「何が違うの？」

「私は勇気じゃない。巨大な恐怖から逃げるため、小さな恐怖に立ち向かうだけ」

それは合理性と呼ぶのではないかしら、と私は思う。彼女はいつだって感情を排して、理性に従って冷静に物事を選ぶことが出来る人間だ。

冷静に、理性的に、大吾クンを愛してしまったんだ。そうなんでしょ？

「お姉さま。ごめんなさい、私ね……」

「うん」

「もうしないから」って言われるかなって思った。「気の迷いだったの」とか？　ほら、よくこういう浮気のドラマとかでの定番セリフでしょ？　けれど彼女は氷のような声で呟く。

「――別に諦めたり、しないから」

「……へ？」

「あなたも気づいているんでしょ。大吾さんは私を愛してる。お姉さまの事も愛していたとしても、私を遠ざけたりは出来ない。……私たち、積み重ねてきた物が大きすぎるから」

恐ろしい程に合理的に、理性的に、彼女は呟く。

「だからこれからも、全然寝取る気で行くから。よろしくね、お姉さま」

「よよよ、よろしくって、アンタねえ！　よくそんな真正面から浮気宣言出来るよね！　どうすんの、私が……しぃしぃと住みたくない、絶縁する、とか言い始めたら」

「言うの？」

「……言わないけど」

だって、私はこの子を愛しているもの。たとえ旦那を寝取ろうとする泥棒猫でも、それでもどうしようもなく愛しているのだ。ああ、なんて複雑な人生！

「じゃ、じゃあ大吾クンに言うよ。しぃしぃが寝取ろうとしてるから気をつけてって！」

「……くす。彼が信じると思う？」

「ぜ、絶対信じねえ！」

だって大吾クン、ばかだもん。人を疑うとか出来ない人だもん。しぃしぃに白を切られたら、大吾くんは絶対に彼女を擁護する。なんなら、変な警戒してる私の方を咎めるだろう。

「だから、お姉さま。私から1つ、単純で明快な提案があるの」

彼女は真っ白の髪を揺らしながら、私を見つめた。まるで闘いに挑む戦士のように。

「――あのレースの続きを、しませんか？」

彼女は笑った。中等部の紺色の制服が、風で揺れる。

「あの時のレース、結局、インファイトになったし。結局、時間切れで彼の所までたどり着けなかったもの。だから次こそ、正々堂々、レースをしましょう」

「……なんの……こと？」

分からなくて良いの、と彼女は呟く。私は分からなければいけない気がした。

「ここから、うちまで……いや、それもまどろっこしいですね。彼の所まで。大吾さんの所まで、競走するの。先に、彼にキスした方の勝ち」

「……負けたら？」

「すっぱり諦める」

「……勝ったら？」

「そうね。どうしましょうか。赤ちゃんでも産む？」

余りにも当然のように言われたものだから、私は驚いて飛び退いた。彼女はさも当然のように続ける。まるで戦況を分析する軍師のような視線のままで。

「勝ったらお嫁さんになる、でも良いけれど。お姉さま、もうお嫁さんだしね」

「わ、私に勝利のメリット、少なすぎない？」

「あら、そう？」

しぃしぃは、一瞬、肉食獣のような視線を浮かべた。

「――もうバレてしまったんだもの。これからは私、堂々と大吾さんを寝取りに行くけど」

「！」

「レースで勝負した方が、お互いに楽ではないかしら？」

あの合理的で、氷の女のしぃしぃ。演技派で頭も良く狡猾な肉食の少女が、本気でうちの旦那を寝取りに来る？　そ、そんなの私でどうにか出来るのかしら。確かに未だ、レースの方が勝ち目があるのかもしれない。つまるところ、防衛戦か、一騎打ちのどちらを選ぶか？

「……上等じゃん」

大吾クンはきっと、しぃしぃを愛しているのだろう。

しぃしぃもきっと、大吾くんを愛しているのだろう。

積み重ねた時間がある。今更放棄出来ない程の巨大な愛情が。

（でも、私だって）

この愛が——たとえよわよわな恋だとしても——手放すつもりなんて毛頭無い。

「私は、愛を信じているんだ」

たとえ相手が大きな牙を持つライオンで、私が爪1つ無いうさぎだとしても。

「先に、彼にキスした方が勝ち」

「私、本気で行くから」

クラウチングスタートの体勢を取る。よーい、と私は呟く。

しぃしぃが、ぽつりと言葉を零した。まるで神様に命乞いするみたいな表情で。

「最高に楽しいこと、始めましょう」

――私たちは全く同時に、アスファルトの地面を蹴り上げた。

あとがき

Yosterさんから仕事こないかな。

どうもシナリオライターの逢縁奇演です。『いい人間になる』を人生の目標に掲げてから、気がつけば10年経っていました。品性のパラメータがいつまで経っても上がりません。

——クリスマスが好きなんですよ。

だって一番ハッピーな日ですからね。愛と奇跡の日！　皆がいい感じの事がありますようにつってガチャガチャ騒ぐ日ですよ。賑やかだし、なんか面白いですよね。

だからなのか、作中の時期を考えた時に、クリスマス前の季節をスタートにしがち。大体、10月〜11月ね。僕は元々美少女ゲームライターなので、その頃を始まりにしたら、12月後半ぐらいに付き合ったり告白したりする時期になりますからね。

僕はバキバキの人形性愛者なので、クリスマスは毎年うちのドールと2人でチキンを焼いてケーキを食べて、クリスマス映画を見ています。マジで愛してる、クリスマス映画。最後は『クリスマスの奇跡だ！』で大体なんとかするんですよ。最高。

クリスマス映画を見て「これが愛と奇跡……」ってギャン泣きして、お人形さんに慰められるまでが僕の毎年のクリスマス。この7年間ぐらいずっとそんな感じです。

しかし恐ろしい程の人生落伍者っぷりだな。人間は社会的動物で、生物はそもそも遺伝子の方舟(はこぶね)だって話知ってる？　ざまあみろ。つってね。

そんな感じで2巻も読んでくれてありがとう。また次の巻で会おうね！

◉逢縁奇演著作リスト

「運命の人は、嫁の妹でした。」（電撃文庫）

「運命の人は、嫁の妹でした。2」（同）

本書に対するご意見、ご感想をお寄せください。

ファンレターあて先
〒 102-8177　東京都千代田区富士見 2-13-3
電撃文庫編集部
「逢縁奇演先生」係
「ちひろ綺華先生」係

本書は書き下ろしです。

電撃文庫

運命の人は、嫁の妹でした。2

逢縁奇演

2022年９月10日　初版発行

発行者　青柳昌行
発行　株式会社KADOKAWA
〒102-8177　東京都千代田区富士見2-13-3
0570-002-301（ナビダイヤル）
装丁者　荻窪裕司（META＋MANIERA）
印刷　株式会社暁印刷
製本　株式会社暁印刷

●お問い合わせ
https://www.kadokawa.co.jp/（「お問い合わせ」へお進みください）
※内容によっては、お答えできない場合があります。
※サポートは日本国内のみとさせていただきます。
※ Japanese text only

※定価はカバーに表示してあります。

ISBN978-4-04-914582-3　C0193　Printed in Japan

電撃文庫　https://dengekibunko.jp/

電撃文庫創刊に際して

文庫は、我が国にとどまらず、世界の書籍の流れのなかで〝小さな巨人〟としての地位を築いてきた。古今東西の名著を、廉価で手に入りやすい形で提供してきたからこそ、人は文庫を自分の師として、また青春の想い出として、語りついできたのである。

その源を、文化的にはドイツのレクラム文庫に求めるにせよ、規模の上でイギリスのペンギンブックスに求めるにせよ、いま文庫は知識人の層の多様化に従って、ますますその意義を大きくしていると言ってよい。

文庫出版の意味するものは、激動の現代のみならず将来にわたって、大きくなることはあっても、小さくなることはないだろう。

「電撃文庫」は、そのように多様化した対象に応え、歴史に耐えうる作品を収録するのはもちろん、新しい世紀を迎えるにあたって、既成の枠をこえる新鮮で強烈なアイ・オープナーたりたい。

その特異さ故に、この存在は、かつて文庫がはじめて出版世界に登場したときと、同じ戸惑いを読書人に与えるかもしれない。

しかし、〈Changing Times,Changing Publishing〉時代は変わって、出版も変わる。時を重ねるなかで、精神の糧として、心の一隅を占めるものとして、次なる文化の担い手の若者たちに確かな評価を得られると信じて、ここに「電撃文庫」を出版する。

1993年6月10日
角川歴彦

第28回電撃小説大賞
銀賞
受賞作
MISSION
スキャンして
作品を調査せよ
>>>
ミミクリー・ガールズ
MIMICRY GIRLS
電撃文庫

MONSTER HOLIC
Introd results, the end
1st run centaur
2nd hunt
3r he rag
怪物中毒
PICK UP!
超人気作家
三河ごーすと
が贈る原点回帰にして
最新の
ダークファンタジー!
AUTHOR
三河ごーすと
ILLUST
美和野らぐ
怪物以上人間未満の
少年少女たちが
《官製スラム》の夜を駆ける——!
MONSTER HOLIC
Introduction: Infinite resul
1st chapter: Hit-and-run
電撃文庫

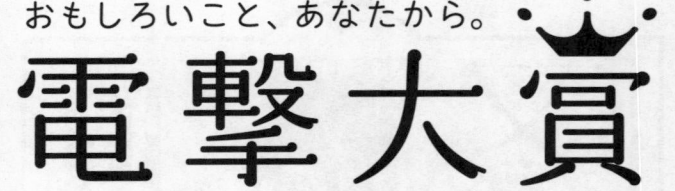